'Door tranenwaasje heen de kroniek va hij lief over zijn dementerende moeder
Miranda van Gaalen

'Ik denk dat menige vader of moeder jaloers is op de aandacht en liefde die Hugo zijn moeder geeft. Een diepe buiging voor hem.'
Gemma van der Kooij

'De manier waarop hij schrijft, getuigt van veel respect en liefde.'
Annemiek Aalders

'Het is zó herkenbaar. Wat ben je getalenteerd als je dit zo mooi kunt verwoorden.'
Kees Ferme

'Voor de openhartige en diep ontroerende kroniek over zijn dementerende moeder verdient Hugo Borst alle lof.'
Henk Westbroek

'Aanrader: de verhalen van Hugo Borst over zijn moeder, prachtig inkijkje in het leven van een mantelzorger.'
Ruud den Haak

'Elke week lees ik over Hugo Borst zijn moeder. Elke week raakt het me.'
Helen Oosterhuis

'Hugo Borst, hoe haalt u het in uw hoofd om zoiets verdrietigs en intiems te delen met duizenden mensen?'
Dorry Aarts-Dreese

'Ik was altijd al gecharmeerd van Hugo Borst, zijn recht-voor-zijn-raap-uitspraken en voetbalwijsheden. Chapeau om op zo'n indringende manier over dementie te schrijven.'
Dick Jeremiasse

'Zijn eerlijke en open notities zijn triest, maar ook troostend.'
A.M. Harcksen-Voorwald

'Bijna moeten grienen in een volle koffietent om het stuk van Hugo Borst over z'n moeder en alzheimer.'
Temon Kooistra

'Ik heb niks met Hugo Borst, maar zijn column over zijn moeder komt elke week weer binnen.'
Tanja

'Prachtig, ontroerend en indrukwekkend.'
Hedy van den Berk

'Hugo Borst zet echt voortreffelijk en herkenbaar neer wat er gebeurt bij mensen met dementie. Zijn stukken raken je. Ze kunnen als voorbeeld dienen voor mensen die een familielid hebben bij wie het geheugen achteruitgaat.'
Heleen Wagenaar

'Geweldige, heel erg herkenbare stukjes van Hugo Borst. Graag nog heel lang doorgaan. Tranen.'
Eric Bax

'Zo hartverscheurend herkenbaar!'
Ellen van Dorssen

'Een steun voor mensen die dit proces in hun omgeving ook meemaken.'
Niek Stevens

'Aandoenlijk en verdrietig.'
Martine van de Velde

'Alle trieste problemen en worstelingen die ik in de column van Hugo lees zijn zo herkenbaar.'
Els Krijgsman

'Hugo Borst beschrijft het op een bewonderenswaardige manier: gevoelig, helder, mooi en onverbloemd.'
Ronald Koopman

'Ik hoop dat Hugo ons nog lang over zijn moeder mag vertellen.'
Monika van den Tillaard

HUGO BORST

Ma

Lebowski Publishers, Amsterdam 2015

© Hugo Borst, 2015
© Lebowski Publishers, Amsterdam 2015
© Omslagfoto: Margi Geerlinks
© Fotografie binnenwerk: Margi Geerlinks
Foto auteur: © Lenny Oosterwijk
Omslagontwerp: Dog and Pony, Amsterdam
Typografie: Perfect Service, Schoonhoven

ISBN 978 90 488 2670 4
ISBN 978 90 488 2671 1 (e-book)
NUR 400

www.lebowskipublishers.nl
www.overamstel.com

OVERAMSTEL
uitgevers

Lebowski is een imprint van Overamstel uitgevers bv

Alle rechten voorbehouden.
Niets uit deze uitgave mag worden verveelvoudigd en/of openbaar gemaakt door middel van druk, fotokopie, microfilm of op welke wijze ook, zonder voorafgaande schriftelijke toestemming van de uitgever.

'Dat er een vergeten bestaat is nog niet bewezen: wat wij weten is alleen dat de herinnering niet aan onze macht is onderworpen.'

Uit: Friedrich Nietzsche, *Morgenrood*

'De mens verrotte waar hij bij stond.'

Uit: Heere Heeresma, *Geef die mok eens door, Jet!*

GROEN KNOPJE

Al een paar maanden gaat de telefoon 's avonds rond een uur of zeven: ma krijgt de tv niet aan.
 'Zit de stekker erin?'
 'Eh, ik geloof het niet.'
 'Die hoef je er niet uit te trekken, ma.'
 'Jawel. Dat moet toch altijd?'
 'Doe de stekker er maar in.'
 'Maar als het gaat onweren?'
 'Dan haal je 'm eruit. Maar het gaat vannacht niet onweren. Echt. Ik heb net de weersverwachting gehoord.'
 Ze legt de telefoon neer. Gestommel. Ze zegt wat, waarschijnlijk tegen zichzelf, ik kan het niet verstaan.
 'Ma?'
 '...'
 'Ma-ha! Joehoe!'
 'Zo, hier ben ik weer.'
 'Heb je de afstandsbediening?'
 Ik hoor dat ze de telefoon weer neerlegt, maar ze is sneller terug dan verwacht. Dat valt mee.
 'Druk eens op de groene knop, ma.'
 '...'
 'Ma?'
 'Er gebeurt niks.'
 Ik hoor een piepje. Onhoorbaar voor haar slaak ik een

zucht. Ongelofelijk. Ze krijgt het weer voor elkaar.

'Ma, je drukt op het groene knopje van de telefoon. Je moet...'

'Ach ja.'

'Druk maar op dat groene knopje van de afstandsbediening.'

'Er gebeurt niks,' zegt ma en ik hoor het begin van wanhoop. Het zou niet de eerste keer zijn dat een poging om de televisie aan te zetten haar aan het huilen maakt.

'Eén keer drukken, ma. En dan moet je even wachten. Het duurt namelijk best lang voordat de tv reageert. Dus niet twee keer drukken, want dan gaat ie weer uit.'

Godzijdank. Ik hoor de tv aangaan.

'Zet hem op Nederland 1, ma. Druk maar op het knopje met de één. *De Wereld Draait Door* is bezig en straks krijg je het NOS *Journaal* en daarna *Tussen Kunst en Kitsch*, dat is leuk.'

Het is volbracht.

'Kom je nog langs?'

Ik was al bang voor die vraag. 'Ik kom morgenmiddag, ma.'

Stilte.

'Vanavond komt er nog iemand van de thuiszorg.'

Stilte.

'Zet je een bakkie koffie voor jezelf? Je moet goed drinken, hoor.'

Ik ken haar. Ze is teleurgesteld, ik hoor het aan de fluisterende manier waarop ze 'ja' zegt.

Dan verbreekt ze zonder gedag te zeggen de verbinding.

OCHTENDRITUEEL

We zitten op de zwartleren bank. Ma wijst naar Tijger die in een straal zon ligt.

Ik weet precies wat ze nu gaat zeggen.

'Kwam ie weer vanmorgen.' Ze kijkt bozig naar de kat.

Elke ochtend, ergens tussen vijf en zeven, springt Tijger op ma's bed ter hoogte van het hoofdkussen. 'Dan schrik ik toch zo.'

'Dat snap ik,' zeg ik. 'En?'

'Ik heb gezegd: ga je gauw weg!' De klemtoon ligt op 'ga' en 'gauw'. 'Je denkt toch niet dat ik om vijf uur mijn bed uit ga om die kat eten te geven?'

Soms doet ze het wel. Als Tijger zich op een christelijker tijd meldt. Daarna gaat ma nog even terug naar bed.

Ze zegt verontwaardigd: 'Elke ochtend. Dat is toch verschrikkelijk?'

'Het is een raar beest, ma.'

Ma zwijgt.

Ik denk: gelukkig gebeurt er af en toe nog wat in dit huis.

VLEES

Ma komt uit een arbeidersgezin uit Crooswijk. Ze was een nakomertje, haar moeder was bij de geboorte zevenenveertig jaar. Aanvankelijk was alleen meneer pastoor blij met Johanna. Mijn moeder, die zich Joke noemt, groeide op tijdens de crisis in de jaren dertig. Op vrijdag werd er vis gegeten en één keer per week kreeg ze drie dobbelsteentjes vlees. Vader kreeg het grootste stuk op zijn bord, hij moest de volgende dag weer hard werken. Hij timmerde onder andere aan de fietsroltrappen in de Maastunnel in Rotterdam.

Mijn moeders vader had zich tegen de katholieke kerk gekeerd, maar de rest van het gezin (moeder, zes dochters en een zoon) bezocht de mis. Mijn moeder was een deugdelijk meisje. 'Als ik moest biechten, had ik niks. Ik verzon dan maar een lichte zonde. Met tien weesgegroetjes kwam ik er vanaf.'

Op haar twaalfde kon ze naar de mulo, maar ma ging haar beste vriendin achterna die de Huishoudschool deed. Later had ze daar spijt van. In haar tienerjaren is ze intellectueel amper uitgedaagd. Jammer, want ze was een enorme lezer. In haar boekenkast staat *Het Boek voor de Jeugd*, de editie uit 1938. Laatst las ik er een beginregel van een gedicht uit voor. Mijn moeder maakte het af, zonder haperingen.

Ach, die heerlijke boekenkast vol Nederlandse literatuur in haar huiskamer. Elsschot, Reve, Hermans, Vestdijk, Haasse,

Blaman, 't Hart. Ze heeft elk boek verslonden en herlezen. Maar nu is er de klad in gekomen. 'Het lukt niet meer,' verzucht ma als ik haar een glas witte wijn heb ingeschonken. 'Ik kan niet meer onthouden wat ik lees.'

Mijn oog valt op een boek van Harriët Freezer. Wie kent die huis-, tuin- en keukenfeministe nog? Mijn moeder was dol op dat soort vrouwen. Ma was geen Dolle Mina, maar op verjaardagen scheelde het soms niet veel. Dan zei oom Huib veel te vroeg op de avond en akelig dwingend tegen tante Klazien: 'Kom op, panter. We gaan!' Mijn moeder antwoordde dan venijnig: 'Zie je niet dat ze net een sigaret heeft aangestoken? Gewoon blijven zitten, Klazien.'

Op zulke avonden was ma in de huiskamer, die blauw zag van de rook, de scherpste van allemaal. Met een Pall Mall-filter tussen haar slanke vingers geklemd, verdedigde ze een brutaal kinderboek van Annie M.G. Schmidt, sprak begeesterd over de laatste theatershow van Jasperina de Jong en liep te hoop tegen mijn aardige maar conservatieve ooms.

Ineens herinner ik me ma's schaterlach tijdens zo'n verjaardag. Zo'n lach hoor ik al jaren niet meer. Een zeer vrolijke noot uit een vervlogen decennium. Jazeker, ma dronk wijn of sherry of vermout, maar nooit te veel. Ik heb haar nooit aangeschoten gezien. Ze had altijd alles in de gaten, was altijd in control. Die tijd is voorbij.

Hoewel, net zegt ze: 'Er zit een scheur in je spijkerbroek.'

Ik zeg: 'Dat hoort zo.'

Ma, zelf nog altijd onberispelijk gekleed: 'Ben je zo naar je werk gegaan?'

'Zeker.'

'Belachelijk.'

Op haar herinneringen aan armoede krijgt meneer Alzheimer geen grip.

KRUIS (1)

'Mooi,' zegt ma.

Ze wijst naar het gouden kruis dat aan een gouden kettinkje om mijn nek hangt.

'Zou je 'm zelf weer willen dragen?'

'Nee hoor,' zegt ze glimlachend.

'Je hebt toch geen spijt dat je 'm cadeau hebt gedaan?'

'Welnee. Hij staat je goed.'

Mijn vader gaf deze ketting met kruis aan mijn moeder toen ze op Kreta vakantie vierden, zo rond 1970. Mijn moeder droeg 'm heel vaak. Omdat ik altijd heb gezegd dat ik 'm zo mooi vond, kreeg ik 'm toen ik vijftig werd. Het kruis is voor mij van religieuze betekenis ontdaan. Het is fijn om iets te dragen wat jaren om mijn moeders hals hing.

ENG

'Ik vind het eng,' zegt ma in haar stoel voor de tv.

Het is zondagavond. Na *Langs de Lijn* ben ik nog even naar de Robert Kochplaats in Rotterdam-Ommoord gereden voor een kop koffie. Dat vindt ze fijn, want haar avonden zijn lang en leeg.

We kijken samen naar *Miljoenenjacht*. Een deelnemer moet kiezen: als hij stopt, verdient hij anderhalve ton, maar als hij doorspeelt, kan hij vijf miljoen verdienen – of helemaal niks, dat kan natuurlijk ook.

'Ik vind het eng,' herhaalt mijn moeder.

Er is veel dat haar tegenwoordig angst inboezemt.

Onweer.

Takken die zwiepen in de wind.

Zal Tijger niet van het balkon vallen?

Als de telefoon gaat, of de deurbel, schrikt ma.

En de stekkers in de stopcontacten, die zijn ook eng, die trekt ze eruit, het liefst allemaal.

'Niet die van de telefoon, ma, anders kunnen we elkaar niet meer bellen.'

DIAGNOSE

Mijn vader ging vervroegd met pensioen. Dat kon nog in de jaren tachtig. Mijn ouders hebben er samen drieëntwintig jaar van kunnen genieten. Er kwamen drie kleinkinderen, Debbie, Tessa en Charlie. Mijn moeder las, breide en kookte. En ze zorgde geweldig voor haar oudere zussen. An, Gré, Jos en Leny, ze werden een voor een rond hun vijfentachtigste dement, net als hun broer Piet die in Denemarken woonde.

Mijn vader haalde ma's zussen op zondagmiddag op uit het verpleeghuis. Afwezig zaten ze naast mijn moeder op de bank. Ma sloeg een fotoalbum open. 'Weet je nog, An?' Als haar zussen weer weg waren, verzuchtte mijn moeder: 'Als dat mijn lot maar niet wordt.'

Helaas, ze had een voorzienige blik. Bijna vijf jaar na de dood van mijn vader constateerde een geriater bij haar 'een dementiële ontwikkeling van het type alzheimer'.

Samen met de mensen van de thuiszorg proberen mijn broer en ik ma zo lang mogelijk zelfstandig te laten wonen.

KOFFIE

Daar zitten we weer, ma in haar grijze stoel, ik op de zwartleren bank. Tijger ligt op een dekentje naast me.
'Bakkie koffie, ma?'
'Neem jij ook?'
Als ik op bezoek ga bij ma, kijk ik uit naar de kopjes koffie die ik ga zetten. Het is het ritueel, denk ik. De koffie zelf kan het niet zijn.

Na de aanschaf demonstreerde mijn vader het Senseo-apparaat. Water in het reservoir, op het middelste knopje drukken om het te laten koken, twee pads in het tweepersoonshoudertje stoppen, dan op het rechterknopje drukken. Ik vond de koffie niet lekker. 'Waarom kopen jullie geen beter apparaat?'
'Hoezo?' Ik bespeurde verontwaardiging. Mijn ouders vonden het prima koffie.

Bij dat ouwe Senseo-apparaat moest je op een gegeven moment hard duwen op het bovenstuk. Dat ding kreeg kuren. Het apparaat begon te lekken. Pa was een halfjaar dood. Alles gaat stuk, dacht ik. Na pa ook pa's dingen.

Mijn broer kocht een nieuw Senseo-apparaat. Hij had het bij ma geprobeerd, een apparaat dat betere koffie garandeert. Maar ma was tevreden met de Senseo Dark Roast die ze jarenlang met mijn vader had gedronken. Of het kon haar gewoon niet schelen dat er betere koffie bestond, ze zou het toch niet proeven, gewoon, omdat haar leven aan glans had verloren.

Ma is inmiddels weer een Senseo-apparaat verder. Ik ben Senseo gaan waarderen, soms zelfs de smaak. Het moet de gezelligheid zijn. Mijn moeder en ik. Banketbakkerskoekje erbij. Tijger spinnend op de bank.
'Lekker, ma?'
Ze haalt haar schouders op.

TREK

De dunste stem voorstelbaar.
'Wat zeg je, ma?'
'Waarom komen jullie niet? Ik zit te wachten.'
'Het is twaalf uur, mama, het is nacht.'
Ik druk de hoorn tegen mijn oor.
'Maar jullie zouden me ophalen. Ik zit al heel lang te wachten.'
'Ma, dat kan toch niet. Het is middernacht. Je moet naar bed. Wij gaan ook naar bed. We komen morgen weer. Om twaalf uur. Lunchen. Zal ik lekker kibbeling voor je kopen?'
Twaalf uur later leg ik een zak gebakken vis op tafel. Van het nachtelijk telefoongesprek weet mijn moeder niks meer. Een paar weken geleden was ze nog argwanend als ik haar over zo'n voorval vertelde. Ze ontkende het stellig, soms ouderwets temperamentvol. Nu zegt ze: 'Heb ik dat gezegd? Dat ik zat te wachten? Raar hè? Ik weet er niks meer van.'
Ik wijs op de kibbeling. 'Heb je honger, ma?'
Venijnig: 'Je moet "trek" zeggen. Honger had je in de oorlog.'
'Heb je trek?'
'Nee, ik heb nooit meer trek.'
Dat klopt. Dat heeft de geriater verteld toen ik met ma op consult was. Wie dementeert of alzheimer heeft, krijgt minder prikkels. Qua eten is dat niet zo'n ramp, want ouderen hebben niet veel calorieën nodig. Maar dat de prikkel om te drinken

verdwijnt, is wel gevaarlijk. Wie te weinig drinkt, droogt uit. De geriater, de huisarts, de mensen van de thuiszorg, ze hebben ons op het hart gedrukt om ma zo veel mogelijk te laten drinken.

'Neem een slokkie, ma.'

'Ik mis je vader zo.'

Ik knik.

'Hij had me kunnen helpen, hè?'

Ik knik en zie hoe mijn moeder een stukje kibbeling aan haar vork prikt en traag naar haar mond brengt. Ze kauwt en staart.

BOODSCHAPPEN

Mijn vader had me gevraagd om vrijdagmorgen rond halfelf naar de Robert Kochplaats te komen. Daar stond de bruine boodschappentrolley waarvan ik voortaan gebruik zou gaan maken al klaar.

'In het voorvakje zit een munt van 50 cent voor het winkelwagentje,' legde mijn vader uit. 'Die moet je er altijd in laten zitten.'

In zijn auto op weg naar de Plus zei hij: 'Let goed op straks, want zo leer je de artikelen en merken van je moeder alvast kennen.' Hij vond dat ik de auto de week erop moest laten staan. Ik kon dat stuk makkelijk lopen met mijn jonge benen. Dat had hij jarenlang ook gedaan met zijn rotheup.

Het was zomer, het regende licht. Toen hij uitstapte, werd hij vriendelijk begroet door een man. Toen hij een winkelkarretje pakte, zei een vrouw: 'Dag meneer Borst.' Dat ging de hele tijd zo door. 'Dag meneer Borst.' 'Hoe maakt u het, meneer Borst?' Andere mensen knikten of glimlachten naar mijn vader, als ze een hoed hadden gedragen, hadden ze de rand even aangetikt. Mijn vader zei steeds allerhartelijkst gedag terug of hij maakte een joviaal gebaar.

Hoewel hij veel werd herkend vond ik het intiem om samen boodschappen te doen. Nu nog meer dan toen, denk ik.

Ik zie nog voor me hoe pa liep. Goh, dat twee centimeter beenlengteverschil zo'n enorme slag in zijn wiel kon slaan. Hij stond erop het winkelwagentje zelf te duwen. Ik begreep eerst niet waarom. Maar dat ding bood hem houvast. Hij liet het karretje alleen los om artikelen te pakken. Ik zag zweetdruppeltjes op zijn voorhoofd staan.

Pa werkte mij die vrijdag officieel in; het tillen was hem echt te zwaar geworden en bovendien stond hem een pittige chirurgische ingreep te wachten. Direct na de operatie zou boodschappen doen zeker niet lukken, dus mijn vrouw Karina en ik beloofden het voortaan op ons te nemen. Dat luchtte mijn vader op. Zijn dienstbaarheid aan mijn moeder was groot, zo niet onbegrensd.

Mijn vader hoopte dat ik net zo boodschappen zou doen als hij deed. Die hoop, een eis was het niet, bevreemdde me, omdat hij me nooit iets had opgelegd. Anders dan ma gaf hij me vrijblijvende adviezen en als ik die in de wind sloeg, nam hij daar geen aanstoot aan.

Zo niet die vrijdag. Het boodschappenlijstje dat hij me in handen had gedrukt, getuigde van militaire precisie. De producten stonden in de volgorde van de ideale looproute door de Plus in winkelcentrum Binnenhof in Ommoord. Op de een of andere manier vond ik dat poëtisch.

Ook de caissière zei mijn vader persoonlijk gedag. Hij groette haar terug op de wijze waarop hij dat die dag bij iedereen had gedaan: hartelijk, uit de grond van zijn tot op de draad versleten hart. Dat de conditie ervan zo slecht was, wisten we op dat moment niet.

Ik was druk bezig zijn schitterende hartelijkheid goed in mij op te nemen. Ik vond het wonderlijk. Gedag zeggen is in de kern een alledaagse, routinematige handeling. Maar mijn vader maakte mij die dag inzichtelijk dat het ook anders kan. Hij begroette in de Plus mensen alsof hij oprecht blij was ze weer te zien, met een warmte die je in de grote stad niet meer ontmoet.

Bij onze terugkeer met de gevulde boodschappentrolley vond ik mijn moeder aan de strenge kant. Mijn vader had te veel gehakt meegenomen voor twee personen. Terwijl zij hem vermanend toesprak, snapte ik de ernst waarmee mijn vader zich had gekweten van mijn inwijding. Ma was kritisch en veeleisend, ze verdroeg improvisatie slecht. Pa had me die vrijdag willen zeggen: maak er geen potje van, neem het boodschappen doen niet te licht op, je moeder pikt dat niet.

Zes dagen later moest hij onder het mes. De ingreep slaagde, maar zijn hart was niet sterk genoeg. Hij raakte in coma. Twaalf dagen na mijn officiële inwijding stierf hij.

Sinds de dood van pa doen mijn vrouw en ik om beurten boodschappen voor mijn moeder. Het laatste jaar is ma's boodschappenlijstje met de week onvolediger geworden. Toen het bibberig beschreven papiertje nauwelijks nog houvast bood, zijn we zelf het lijstje maar gaan samenstellen, ma's oorspronkelijke voorkeuren indachtig. We kijken in de koelkast, we kijken in de voorraadladen, we kijken in de kast waar de lekkernijen staan. We maken de balans op.

Zo goed als mijn vader boodschappen deed, heb ik het nooit gedaan, maar ik heb er nooit een potje van gemaakt. De mensen die mij onderweg groeten zeg ik hartelijk goedendag, zelfs op slechte dagen.

Als ik de afgelopen jaren met de bruine boodschappentrolley terugkwam, was ik altijd een beetje bang voor ma. Of nou ja, bang... Ik hoopte dat ik de goede artikelen had gekozen, dat ik niets was vergeten. Een op de vijf boodschappendagen kwam ma scherp uit de hoek. Maar de laatste maanden heb ik geen kritiek meer gekregen. Ma is het overzicht kwijt, denk ik. Ze bergt sommige levensmiddelen ook op andere plaatsen op dan ik van haar gewend ben. Onlangs vond ik de kattenbrokjes bij de grotemensenkoekjes in het keukenkastje en Becel in de voorraadla.

BEROOFD

Twee weken geleden vroeg de tandarts me na het polijsten van mijn gebit of mijn moeder soms met klachten rondloopt. We bezoeken deze tandarts al een paar jaar. Uit een röntgenfoto blijkt dat er bij ma linksboven een ontsteking zit.

'Ik ga het haar vragen,' zeg ik.

Wij mantelzorgers zijn met z'n vieren. Mijn broer Laurens, schoonzus Jackie, mijn vrouw Karina en ik. Twee van ons menen ma te hebben horen klagen over haar gebit. Maar niet vaak.

Wanneer ik het diezelfde dag aan ma zelf vraag, schudt ze haar hoofd. 'Nee hoor, ik heb geen last.'

Drie dagen later wijst ze spontaan naar een kies. Aan de linkerkant. 'Daar doet het pijn.'

'Erg, ma?'

Ze knikt.

'Echt heel erg?'

Ze haalt haar schouders op.

Ik leg het de tandarts voor. Ze zegt: 'Tja. Ik kan je moeder maar beter verlossen. Ik bedoel, de pijn kan veel erger worden.'

Mijn moeders tanden en kiezen hebben de crisisjaren en de oorlog overleefd. Op oude foto's is te zien dat mijn moeder het gebit had van een filmster. Eén voortand stond een graadje of twee uit het lood. Die onvolkomenheid maakte het zo eigen. Ik heb als kind verliefd gestaard naar die eigenwijze voortand.

In tegenstelling tot mijn vader, die al rond zijn vijfendertigste een kunstgebit had en dat in een hermetisch afgesloten badkamer reinigde, poetste mijn moeder haar tanden met de deur wagenwijd open. Het was een uitnodiging om te komen kijken, een demonstratie, een feest. Zo moet het, jongen van me! Niet horizontaal poetsen, die voortanden van je, maar op en neer! En masseer je tandvlees goed, dan krimpt het later minder! Wat zou ik graag een achtmillimeterfilmpje zien van mijn jonge moeder die voor me staat en vrolijk en geduldig mijn melkgebit poetst.

Ach, mijn moeder was zó zuinig op haar ivoren wachters, maar op de valreep verliest ze de strijd. De tandarts gaat geschiedenis schrijven. Ma's eerste kies gaat eruit. Op haar vijfentachtigste.

De behandeling heeft heel wat voeten in de aarde. Overleg tussen tandarts en huisarts. De mensen van de thuiszorg moeten geïnformeerd worden, zodat ze ma even geen bloedverdunners aanbieden. Anders blijft ze bloeden.

Ik ga niet mee naar de tandarts, ik wil het niet aanzien. Een paar uur later tref ik ma thuis aan haar eettafel met een scheve mond. Mijn vrouw heeft me verteld hoe ma op de terugweg huilend in de auto zat. Niet vanwege de pijn – ze was nog verdoofd. Nee, ze voelde zich beroofd.

Ik voer ma paracetamolletjes, geef haar gaasjes waarop ze moet bijten, want het gat bloedt hardnekkig. Later die dag neemt mijn broer Laurens het van me over en na een potje zaalvoetbal los ik hem weer af.

Ma en ik hangen voor de tv, het is nu negen uur na de ingreep.

'Doet het nog pijn, ma?'

'Het zeurt nog een beetje,' antwoordt ze.
En drie seconden later: 'Het is een rotdag.'

ANDRÉ HAZES

'Ma, je krijgt de groeten van...' Ik maak mijn zin niet af. Hoe leg ik in vredesnaam uit wie haar zojuist bij de lift de groeten deed?

Maar ma wil antwoord. 'Nou?'

Ik zeg: 'Eh, de schoonvader van André Hazes. Ken je die nog?'

Hij woont al een jaar of dertig in dezelfde flat als ma. Ik heb vroeger zijn dochter, de toen jonge maar nog niet beroemde Rachel, regelmatig gedag gezegd bij de intercom, de brievenbusjes en de lift.

Ma heeft geen idee over wie ik het heb.

'Als je de buurman ziet, herken je hem wel,' zeg ik en meteen weet ik dat dat geen vanzelfsprekendheid meer is. De gezichten van al die vriendelijke flatbewoners verdwijnen in een dikke, onheilspellende mist. Ook André Hazes' schoonvader is daarin opgelost, net als diens vrouw en hun dochter Rachel.

'Ze hadden vroeger een slagerij,' probeer ik.

'Ik weet echt niet waar je het over hebt.'

'Zegt André Hazes je nog wat, ma? Die volkszanger?'

Mijn moeder trekt een moeilijk gezicht.

'Jawel, wacht even, ma.'

Op Spotify vind ik een van mijn lievelingsnummers, 'Zij gelooft in mij'.

'Niet zo hard,' zegt ze.
Ik zet het zachter. 'Zegt het je wat?'

Want zij gelooft in mij,
Zij ziet toekomst in ons allebei...

Ma luistert. Intussen zoek ik op Google naar afbeeldingen van André, Rachel en mijn moeders buurman.

Ik hou mijn iPhone voor haar gezicht. 'Hier, dit is André Hazes.'

'Ik geloof dat ik hem weleens gezien heb.'

Nou, dat weet ik wel zeker. Niet alleen op tv, ook in de flat. Dat was wat. Stond je ineens met André Hazes in de lift die op bezoek ging bij zijn schoonouders.

Ik wijs opnieuw naar een fotootje op mijn telefoon. 'Hier, dit is Rachel, ma, Rachel Hazes. Over haar gaat dit liedje.'

'Niet zo hard alsjeblieft.'

Gehoorzaam zet ik 'Zij gelooft in mij' nog wat zachter.

Op Google vind ik eindelijk een foto van mijn moeders buurman.

Kribbig schudt ma haar hoofd. 'Ik zal hem best gekend hebben, maar nu niet meer.'

MASSAMOORD

Ik zou de jacht best nog eens willen openen, samen met ma. Maar Tijger, naast me op de zwartleren bank, heeft geen vlooien. Logisch, want ma's kat komt nooit buiten. Zijn voorgangers – ma's honden Jody, Sarah en Katja – hadden ze in de zomer wel. Ik vertel ma dat ik het altijd zo leuk vond om samen vlooien te vangen. Ze trekt een vies gezicht.

Ma was er zó goed in. In kleermakerszit zat ze op de grond, de hond lag voor haar op een handdoek. Bij Katja deed ze het nog zonder leesbril. Als er sprake was van een plaag, dan zette ma een kopje of een glas water naast zich. Ze deed het met een vlooienkam of gewoon met haar blote handen. Ik keek over haar schouder mee of ging op mijn knieën zitten en nam passief deel aan de vlooienjacht. 'Daar ma, daar.'

Ma legde dan haar wijsvinger op Katja's buik, schoof haar duim erbij en dan was het zaak om de vlo niet te laten ontsnappen. Als ma zeker wist dat ze die smerige bloedzuiger klem had, dompelde ze haar vingers onder water. Zodra ze de vlo losliet, zag je de rotzak door het water zweven. Als hij omhoog dreigde te spartelen, gaf ik 'm nog een tikkie op zijn kop. Ma was dan al weer op zoek naar de volgende.

Leuker was haar executietechniek. Het ontsnappingsgevaar was dan groter. Ma had de vlo in haar pincetgreep en schoof dan snel de duimnagel van haar andere hand erbij. Daar moest de vlo op komen te rusten. Uiteindelijk moest het insect tussen twee duimnagels terechtkomen. Ma bewoog die tegen elkaar en, als Hilversum 3 niet aanstond, hoorde je een explosie. Het door de vlo opgezogen hondenbloed zocht onder druk van twee duimnagels een uitweg: 'Pats.'

'Hou maar op,' zegt ma geprikkeld. Ze gruwelt van mijn plastische beschrijving.

Ik grinnik. 'Ik ben blij dat je me het geleerd hebt, ma. Net als teken vangen.'

Een teek van een hond verwijderen, vereist techniek. En een foefje. De truc is dat je een beetje eau de cologne op het beestje sprenkelt om 'm te verdoven. Of is het om hem pijn te doen? Je ziet zijn pootjes terugtrekkende bewegingen maken. Pincet meteen zo dicht mogelijk om het kopje klemmen, een kwartslagje draaien en dan flink trekken. 'Tik.'

De tekenkop moet je helemaal verwijderen, anders kan het wondje gaan ontsteken.

'En nou ophouden! Ik meen het.'

Ma is nu echt boos.

Ma en ik waren bondgenoten in een serieuze oorlog. Wij bevrijdden Katja, Sarah en Jody van minuscule hyena's. Tijger, naast me, is vlooienvrij. Jammer.

OOST WEST

We liggen nog op één oor als de telefoon gaat.
 'Je moeder,' gokt mijn vrouw met slaperige stem.
 Op de tast vind ik de telefoon. Inderdaad. Ma.
 Zo vroeg bellen op zaterdag zou ze vroeger nooit hebben gedaan. Ik kom 's avonds tot leven en eigen mij ook een deel van de nacht toe. Als het even kan slaap ik een wormgat in de dag. Ma is vergeten dat ik een uitslaper ben. Wie dementeert, verliest een hoop, ook inlevingsvermogen.
 'Wat zeg je, ma?'
 Ik versta haar zachte stem niet, maar weet dat ze gaat zeggen dat ze niet mee gaat naar het verjaardagspartijtje van mijn nicht Erika in Brabant.
 'Ik voel me helemaal niet lekker. Je hoeft me straks niet op te komen halen.'
 'Ah, ma. Kom op. Misschien voel je je vanmiddag beter. We komen je pas over vijf uur oppikken, dan voel je je vast beter dan nu.'
 Mijn moeder reageert snibbig. Het is en het blijft nee. De verbinding wordt verbroken.
 Ma is nooit een wereldreiziger geweest. Op mijn vierde verhuisde ons gezin van Rotterdam naar Weesp. Zo hoefde mijn vader, die in Amsterdam werkte, dagelijks niet meer zo ver te rijden. Maar mijn moeder was doodongelukkig in Weesp. Binnen twee jaar was de familie Borst terug. Oost west, Rotterdam best.

Een verjaardagspartijtje in Brabant, nog geen vijftig minuten met de auto, maar mijn lieve oude moedertje beschouwt het als een voettocht naar Zuid-Spanje.

We besluiten ma te verleiden alsnog mee te gaan en rijden rond tweeën naar de Robert Kochplaats. De geriater zei tegen mijn moeder dat iemand met dementie drie dingen nodig heeft om het leven te veraangenamen: genoeg drinken, beweging én afleiding. Een verjaardagspartijtje is drie in één.

'Ik ga niet mee!' Het is het eerste wat ma zegt als we binnenkomen. Ach, wat ziet ze er verfomfaaid uit.

Ze zeggen wel dat wanneer je ouders dementeren de rollen omkeren: jij zorgt voortaan voor je ouders. Die vergelijking gaat mank. Een ouder weet wat goed is voor zijn kleine kind en kan het desnoods dwingen. Pakweg vijftig jaar later weet dat grote kind wat goed is voor zijn dementerende ouder, maar van dwang kan en mag geen sprake zijn. Mijn moeder is en blijft een autonome vrouw.

Zonder ma rijden we naar het verjaardagspartijtje in Brabant. Daar is het beregezellig. 'Jammer dat je moeder er niet is,' zegt mijn nicht Erika.

ALLES VAN WAARDE

Vanuit haar stoel wijst ma naar de lege plek aan de muur.
 Ik knik. 'Dat is weg, hè?'
 'Dat is erg hoor,' zegt ma met grote ogen.
 Ik knik weer. 'Heel erg, ma.'
 Pa leefde nog. Ik weet nog goed: het overkwam mijn tante Jos en tante Mia een jaar of acht eerder. Ze woonden samen op nog geen kilometer van mijn ouders. Tante Mia had broze botten, wat tante Jos mankeerde weet ik niet meer. Ze lagen tegelijkertijd in het ziekenhuis. Omdat veel mensen een sleutel hadden van hun woning, vroegen de tantes of mijn ouders over hun juwelen wilden waken. Vooral tante Mia, afkomstig uit een gegoede Haagse familie, bezat waardevolle sieraden. De kistjes stonden een paar weken bij mijn ouders thuis in een kast.

Tante Jos en tante Mia werden ontslagen uit het ziekenhuis, ook weer tegelijkertijd. Omdat er al eerder spullen waren verdwenen onder de neus van de twee tantes, leek het mijn ouders verstandig de juwelenkistjes nog langer bij zich te houden. Maar een dag na thuiskomst vroegen tante Jos en tante Mia om de sieraden. Ik weet nog wat mijn vader erover zei toen hij de hele handel had teruggebracht: 'Linke soep.'

Nog geen week later waren de juwelen verdwenen. De tantes jammerden en waren helemaal in de war. De verdenking viel op een meisje dat 's ochtends voor de tantes had gezorgd.

Ik wilde eropaf.

'Wat denk je zelf,' zei mijn broer, 'dat die juwelen bij haar thuis staan? We kunnen niks bewijzen.'

We voelden ons machteloos.

Vanuit haar stoel wijst ma naar de muur. Ze wijst vaak naar de lege plek waar een paar maanden geleden nog een schitterend avondtasje in art deco-stijl hing. Gekocht op een antiekbeurs. Toch gauw vierhonderd euro waard.

Veel waardevoller was haar antieke klokje. Op een dag ontdekten we dat het weg was. Nou ja, weg. In plaats van dat fraaie antieken klokje stond er een ander klokje. In dezelfde stijl, maar een armoedig exemplaar dat niemand van ons ooit eerder had gezien.

Iemand had dus iets waardevols weggenomen en er iets goedkoops voor teruggeplaatst. Er was over nagedacht. De diefstal was geen impuls geweest. Dit misdrijf was gepleegd door iemand die ma's huis regelmatig bezoekt of eerder had bezocht.

Verdomme.

Je leest er soms over. Dementerende ouderen die worden opgelicht. Pas als het je eigen tante of moeder overkomt, voel je walging.

We hebben ma's interieur daarna gedetailleerd gefotografeerd. We weten nu precies wat waar staat. Maar we denken nog vaak aan het schitterende avondtasje. Vooral ma. Ze wijst elke dag naar de plek waar het hing.

Het klokje is ze vergeten.

TE

Mijn vader was een liberaal die trouw VVD stemde. D66 was mijn moeders partij. Ik vermoed dat het met Hans van Mierlo te maken had. Een charmante, beschaafde vent, een intellectuele politicus zonder extreme standpunten.

Als mijn moeder had gevoetbald, was ze nooit op de vleugels terechtgekomen. Ze zou in de as hebben gespeeld met soms een zwenking naar links.

Ma zei altijd: 'Overal waar *te* voor staat is niet goed.' En dus aten we nooit vaker dan een keer per maand een patatje ('meer is ongezond'), barstte mijn kledingkast niet uit zijn voegen ('vier lange broeken is meer dan genoeg') en als ik een 'envelopje' After Eight wilde dan moest ik dat eerst vragen.

Mijn moeder heeft tot haar huwelijksdag gewerkt. Als ik uit school kwam, was zij altijd thuis. Ik vond dat fijn. We dronken thee uit een Wedgwood-kopje, ma vroeg hoe het in de klas was gegaan en daarna ging ik om de hoek voetballen. Tja, het ging er verdomd degelijk aan toe thuis, er waren amper spanningen, mijn ouders hadden een goed huwelijk.

MOEDERSKINDJE

'Verwende klootzak.' Dat zegt mijn vrouw.

Er is geen paar sokken meer te vinden in de sokkenla en ik heb grote haast. In de waskamer liggen wel veertig paar sokken, alleen zijn ze nog niet gepaard.

'Halloho,' zeg ik. 'Die berg ligt er al een week.'

'Je kan zelf ook weleens zoeken.'

'Ik schrijf een stukje voor de krant.'

'Vergeet niet op te schrijven dat je een moederskindje bent.'

Op mijn negentiende ging ik op mezelf wonen, maar tot mijn zesentwintigste bleef ik de was brengen. Twee, drie keer in de week at ik wat mijn moeder me voorzette. Ze kon geweldig koken. Als ik het die jaren over 'thuis' had dan doelde ik op het huis van mijn ouders, niet op het appartement in Rotterdam-Middelland waar ik tussen 1982 en 1988 woonde.

Het echte loslaten kwam pas toen ik trouwde. Ik was zesentwintig. In dat opzicht klopt het wel, dat van dat verwende moederskindje. Maar is daar eigenlijk wat op tegen?

WANDELING

Of het waait, of het regent, of het is te koud. De laatste weken zegt ma nee tegen mijn uitnodigingen om te wandelen. En als het zonnetje eens schijnt, is ze te moe.

Tot mijn verbazing heeft ze net ja gezegd. Ik wacht in het portaal tot ze haar schoenen heeft aangedaan. Dat duurt even.

'Zou ik het wel doen?' hoor ik haar zeggen.

'Is goed voor je, ma. Je moet aan je conditie denken. Je krijgt weinig beweging. Het is heel zacht buiten, je kunt je dunste jas aan.'

Omdat ik niks terug hoor, zeg ik tegen ma's kat: 'Tijger, we zijn zo terug hoor.'

In de lift geef ik ma een knipoog. Met haar handen aan de rollator slaakt ze een zuchtje. 'Even om de flat, ma. Is lekker.'

Mijn moeder heeft wat afgewandeld in haar leven. Haar vader, geboren aan het eind van de negentiende eeuw, had geen auto en pas een paar jaar na de oorlog bezat ma een fiets. Tot die tijd nam ze soms de tram – maar meestal liep ze. Door niet met het openbaar vervoer te gaan, spaarde je geld uit, al sleten je schoenen sneller.

Ma heeft een rode jas aan en draagt een grijze pet met visgraatmotief. Dat hoofddeksel zou van Gilbert O'Sullivan geweest kunnen zijn. Sinds ma's haar dunner werd, waarschijnlijk door haar medicijnen, draagt ze buiten altijd een muts of een pet.

'Nou zeg, het is nog best koud,' zegt ze.

'Moedertje, je bent niet van bordkarton.'

We lopen een flatbewoonster tegemoet. Die groet ons. Ma zegt beleefd gedag terug.

'Ken je haar?' vraag ik een stukje verderop.

'Ik weet het echt niet.'

'Is oom Jan nog geweest?' Ik weet dat hij gisteren met tante Sjaan een kop koffie is komen drinken.

Ma denkt na.

Moet ik dat wel steeds doen, mijn moeder aan het denken zetten? Stel ik deze vragen nou voor haar of voor mezelf?

'Ja, ik geloof wel dat hij geweest is,' zegt ma, die op haar hoede is voor haar zwager Jan sinds ze hem een keer 's avonds laat vroeg om langs te komen omdat ze weer iets kwijt was. Jan was nijdig omdat hij al op bed lag. Ma heeft nog steeds een goed zintuig voor mensen die teleurgesteld, boos of anderszins zijn.

We gaan de bocht om.

'Weet je nog dat je in de zomer altijd met pa ging wandelen na het eten? Niet om de flat heen maar heel Ommoord in de rondte.'

Ma knikt.

'Knap was dat van die ouwe, met zijn ongelijke heupen. Jullie waren dan rustig anderhalf uur weg.'

Ze zegt: 'Jammer hè, dat-ie er niet meer is.'

'Ja, was-ie er nog maar.'

Uitkijken. Ongelijke stoeptegels.

'Hou je roer recht, moeder.' Ik stuur haar rollator een beetje bij.

'Wat een hoop witte auto's,' zegt ma.

Die keren dat we buiten komen, valt het ma op hoeveel auto's er licht van kleur zijn tegenwoordig. Ze kan er werkelijk niet over uit.

'Zullen we nog een stukkie verder gaan? We kunnen hier naar links.'

'Nee, het is goed zo.'

We staan te wachten voor de lift.

'Kom 's, ma.' Ik houd mijn hand tegen het puntje van haar neus. 'Jeetje. IJskoud. Stroomt daar geen bloed of zo?'

Ze glimlacht.

'Van de drank,' plaag ik.

'Ja hoor, dat denk ik ook,' zegt ze.

'Weet je nog, ma? Toen ik een jaar of zes, zeven was? Dan was het winter en dan had ik ijskoude handen en dan deed ik mijn handen onder je oksels om ze lekker warm te maken.'

Ze knikt. 'Dat had ik van mijn moeder geleerd. Die deed dat ook bij mij.'

We staan in de lift. Ik schuifel naar haar toe en sluit mijn moeder even onhandig in mijn armen.

LEESBEEST

Stilletjes kom ik binnen. Het is een uur of drie 's middags. Ma doet een dutje op de zwartleren bank.

Ik hang mijn jas over een stoel en sluip naar de boekenkast in de huiskamer. Op de planken staat voornamelijk literatuur. Ik denk dat ik elk boek wel ken, de ruggetjes zeker. Een flink aantal heb ik zelf aan ma gegeven. Mijn vader zei het met bloemen, ik met boeken. Op haar verjaardag, op Moederdag, met sinterklaas en kerst – of zomaar – kwam ik met een boek aanzetten. Ma is heel haar leven al een leesbeest.

Daar staat *De verloren taal der kranen* van David Leavitt en onmiddellijk schiet ik in de lach. Toen mijn moeder de roman van de Amerikaan na een paar dagen uit had, zei ze: 'Wil je me met dit boek iets zeggen?'

'Wat bedoel je, ma?'

Het zal 1986 geweest zijn, ik was vierentwintig.

Ma zei: 'Weet je waar dit boek over gaat?'

Meestal wist ik dat wel. Ik had er een recensie over gelezen of in de boekwinkel was ik gezwicht voor een willekeurige passage of voor de achterflap. Maar dit boek was een blinde keuze geweest.

Ma zei: 'De ouders in dit boek worden geconfronteerd met een zoon die homo is. Wist je dat niet? Ik zou het niet erg vinden, hoor.'

'Weet ik, ma. Maar ik val op vrouwen.'

Ik kijk om naar de zwartleren bank. Ma slaapt nog steeds. Wat is ze klein. Alsof ze op een dag te heet is gewassen. Hoeveel zou ze zijn gekrompen sinds ik haar dat boek van David Leavitt gaf? Veel van wat ze las is verdwenen. Omdat ook het brein krimpt. Haar vergeetachtigheid heeft me ervan weerhouden nog langer boeken mee te nemen. De laatste keer was denk ik een jaar geleden. Het boek *Tikkop* van Adriaan van Dis bleef onaangeroerd. Toen ik controleerde hoe het met de boeken was vergaan die ik daarvoor had gegeven, ontdekte ik dat ook die ongelezen waren gebleven.

Ik kijk nog maar eens om. Het leesbeest slaapt diep. Ik loop naar het Senseo-apparaat en twijfel of ik een of twee bakkies zal zetten.

NASI

Ik vertel altijd aan vrienden hoe knap ik het toch vind dat ma op haar leeftijd de kattenbak nog schoonmaakt. Maar bij de laatste twee bezoekjes aan mijn moeder drong er een scherpe ammoniakgeur mijn neus binnen. Mijn vrouw, mijn broer en mijn schoonzus hebben de kattenpis ook geroken. Daarom ontkoppel ik vandaag het dak van de kattenbak.

Ik moet gelijk kokhalzen.

Toen Jody, haar King Charles Cavalier, in 2011 doodging, besloot ma geen opvolger te nemen. Zij vond zichzelf te oud om nog aan een hond te beginnen. Aan een heuse hondendynastie (Topsy, Katja, Sarah, Jody) van ruim vijftig jaar kwam een einde. Ter compensatie schonk kleindochter Debbie oma haar kat Tijger: een levendig beest van een jaar of zes.

Een kat heeft zeker voordelen. Je hoeft niet naar buiten met zo'n beestje en lange borstelsessies, zoals Jody die verlangde, zijn niet nodig. We zijn er zelfs in geslaagd Tijger wat hondenmanieren bij te brengen. Zo rent hij kwiek achter kattenbrokjes aan en begroet hij bezoekers al bijna kwispelstaartend – ook de mensen van de thuiszorg.

Al moppert ma soms op Tijger, hij is een wereldbeestje. En ma zegt vaak dat hij het alleen zijn een beetje verlicht.

Terwijl ik met ingehouden adem de kattenbak leeg, realiseer ik het me ineens. Ik vertoon ontkenningsgedrag ten aanzien van ma's ziekte. Het is mijn reflex om ma's achteruitgang toe te schrijven aan een ongunstige momentopname. Maar neem nou haar medebewoner Tijger. Ma's zorg voor de kat laat de laatste weken – maanden misschien wel – echt te wensen over.

Tijger heeft drie bakjes. Eentje voor water, eentje voor droge brokjes en eentje voor vlees of vis uit een zakje. Laatst waren de etensbakjes gevuld, maar het waterbakje was leeg. Ma heeft Tijger al eens droge crackers en stukjes brood gegeven en eergisteren vond ik zelfs een restant nasi in Tijgers bakje. Dat zou ma een paar maanden terug nooit hebben gedaan.

Een meisje van de thuiszorg vindt Tijger magerder geworden. Ik denk dat ze gelijk heeft. Arm beest. We houden vanaf nu niet alleen ma maar ook Tijger goed in de gaten.

BALOU

'Oma, ik ben onderweg,' hoor ik kleindochter Debbie door de hoorn zeggen. 'En ik neem een verrassing voor je mee.'

'Nou, dan weet ik het al,' antwoordt ma, en een stralende lach breekt als een zon door een dik wolkendek. 'Mijn moppie komt!'

Moppie, dat is Balou, ma's bijna eenjarige achterkleindochter. Ma zegt moppie omdat ze de naam Balou niet kan onthouden.

Omdat mijn broer Laurens er ook altijd is op vrijdagmiddag, zijn er vandaag vier generaties bijeen: Balou is van 2014, Debbie van 1987, Laurens van 1954 en ma van 1929.

We zien ma stralen zodra haar jongste nazaat is gearriveerd. Balou kruipt door de woonkamer. Ma kan haar ogen niet van haar ondernemende achterkleindochter afhouden.

'Ach, wat een lief knulletje.'

In het begin deed Debbie haar dochter expres roze kleertjes aan als ze op bezoek ging bij ma. Ze is er een paar weken geleden maar mee gestopt. Een jongen of een meisje? Wat maakt het uit. Als het maar gezond is.

Balou gebruikt de wankele benen van haar overgrootmoeder om zich aan op te trekken. 'Kijk uit, oma,' zegt Debbie.

'Het gaat prima,' zegt ma. 'Och, wat is mijn moppie groot geworden, ik heb je al zo lang niet gezien.'

Debbie kijkt haar vader aan. Ze komt toch echt bijna elke

vrijdag met Balou op visite. Maar ook dat misverstand hoeft niet uit de weg geruimd. Het is goed zo. Té oude mensen moet je niet tegenspreken of corrigeren.

'Wacht eens,' zegt ma en ze maakt zich uit de voeten.

Goh, wat beweegt ma goed! Ze is nooit een stijve hark geweest, ze kan op haar vijfentachtigste nog in kleermakerszit op de bank plaatsnemen, maar buiten moet het al een jaartje echt met een rollator. Vandaag loopt ze echter alsof ze weer achtenvijftig is.

Dat fluister ik tegen mijn broer en Debbie. Ze maken zo'n gebaar van: je snapt toch wel hoe dat komt? 'Oma vliegt voor Balou,' fluistert Debbie.

Ma komt aanzetten met drie knuffels. Een hondje, een beertje en een egeltje. Balou kiest het egeltje. 'Altijd het egeltje, hè,' zegt ma.

'Klopt,' zegt Debbie, 'Balou wil bij oma altijd met het egeltje spelen.'

Eigenaardig, denk ik: dat heeft ma dan weer wél onthouden.

Even later zitten we aan de ronde eettafel. Debbie heeft het boek gepakt waaruit ma ons vroeger voorlas. *Het Boek voor de Jeugd*. Debbie leest de gedichtjes hardop voor, ook haar eigen favoriet van Marie Boddaert, 'Kindersproke'. Ma las het boek ook altijd voor aan kleine Debbie.

Ma's lippen bewegen mee en als Debbie bewust stilhoudt, ja hoor, dan maakt ma het af, als een klein, klein kleutertje. Foutloos en blij.

Dan kraait Balou. Ma schiet weer in de lach. 'Hoor nou toch.'

MANTELZORGEN

Zodra ik de auto uitstap, kijk ik omhoog. Nee, gelukkig, deze keer staat ze er niet. De laatste twee weken wacht ma voor het raam. Omdat ze niet meer onthoudt wanneer we op bezoek komen, vermoed ik dat ze daar heel vaak staat. Annie, de buurvrouw die een oogje in het zeil houdt, heeft me het gisteren bevestigd. Ma staat inderdaad veel voor het raam.

Zo zachtjes mogelijk open ik de voordeur. In het gangetje blijf ik even luisteren. Het is stil in huis.

Zodra ik de kamerdeur open, geeft Tijger me kopjes en miauwt. Ik kijk opzij, ma ligt op de zwartleren bank onder een dekentje. Ik kniel neer bij de kat. 'Sssst. Vrouwtje slaapt.'

Ik wil het beestje kattenbrokjes geven, maar die liggen niet in de rechterkeukenla zoals gewoonlijk. Toch kunnen ze niet op zijn, vorige week heb ik bij de Plus drie doosjes gekocht.

De brokjes blijken ook niet tussen de grotemensenkoekjes te staan, waar ik ze eerder eens aantrof. Daar vind ik wel, heel raar, een doosje medicijnen met antistollingspillen. Het witte doosje leg ik gauw op de juiste plek, in de beautycase waarvan de mensen van de zorg de code weten – en ma niet.

Twee maanden geleden zijn we noodgedwongen overgestapt op de zogenaamde Baxterrol. Voor mensen die veel medicijnen hebben of het overzicht kwijtraken, stopt de apotheek de medicijnen per innamemoment bij elkaar in zakjes. De mensen van de thuiszorg geven ma sindsdien de pillen. Een gevoelige zaak. Ma vond het belachelijk ('ik ben niet achterlijk'), maar de realiteit was dat ze met enige regelmaat vergat medicijnen in te nemen. Dat had gevolgen voor haar gezondheid. Sinds de Baxterrol zijn intrede heeft gedaan, gaat het goed. Een geweldige uitvinding, dat zal elke mantelzorger beamen.

Terwijl ma ligt te slapen, haal ik twee bakjes met eten uit mijn tas en zet ze in de koelkast met een briefje erbij: 'Eten voor vanavond!' Ik hou niet van uitroeptekens, maar wie weet helpt het. Vaker dan ons lief is, staat het eten er de volgende dag nog. Daarna maak ik de kattenbak schoon, leeg de pedaalemmer en doe een afwasje.

Met de theedoek over mijn schouder ga ik op de punt van de zwartleren bank zitten. Ik aai mijn moeder over haar wang.

Ze opent haar ogen. 'Hé,' zegt ze.

'Hoe is 't, ma?'

'Ik ben zo moe.'

'Bakkie koffie? Knap je van op.'

'Goed,' zegt ze. 'Neem jij ook?'

'Ja, gezellig ma.'

Ik vraag ook vandaag naar vroeger. Vroeger is een soort laxeermiddel. 'Was het nou de Eerste of de Tweede Wandeloorddwarsstraat, ma?' En dan begint ma te vertellen. Vloeiend gaat het niet. Ik maak soms een zin af of zeg een woord voor.

Ik vertel ook wat ik meemaak. 'Mijn boek over Louis van Gaal wordt in het Chinees vertaald.' Ze schiet in de lach, kan het niet geloven.

Er vallen stiltes. Dat is helemaal niet erg. Ik luister naar het tikken van de klok. Ma is in gedachten verzonken.

Na drie kwartier sta ik op. Meestal heb ik een rotgevoel als ik wegga. Nu ook. Maar het is niet daarom dat ik haar in mijn armen sluit. Ieder mens moet geknuffeld worden en zeker mijn oude moedertje.

Als ik op de galerij loop met het volle pedaalemmerzakje kijk ik om. Ze staat voor het raam en zwaait naar me.

Beneden bij de auto kijk ik omhoog. Ma staat nog steeds voor het raam en zwaait me hartstochtelijk uit.

SNIJBONENMOLENTJE

Toen we merkten dat ma moeite had om haar eten goed te bereiden, namen schoondochters en vriendinnen het van haar over. In de koelkast staan tupperwarebakjes met daarop een papiertje met de dag waarop ze geacht wordt de maaltijd te nuttigen.

Maar óf de magnetron blijkt een obstakel óf ma ziet over het hoofd wat er allemaal voor haar in de koelkast staat óf ze heeft geen trek.

We hebben nu met elkaar verzonnen dat ma misschien beter 's middags warm kan eten. Het voordeel is dat er rond lunchtijd altijd iemand van ons bij kan zijn. Wij kunnen haar die maaltijd dan zelf voorschotelen. Misschien heeft ze dan ook meer trek.

Vandaag eet ma wat mijn vrouw Karina gisteren extra kookte: gebakken aardappeltjes, draadjesvlees en snijbonen.

Tussen het nemen van een hap door praten ma en ik over snijbonen. In het kader van 'weet je nog wel?' hebben we lol over dat idiote snijbonenmolentje van vroeger. Ik maak er een beetje theater van.

Wat mij bijstaat: het gehannes om het snijbonenmolentje stevig aan het tafelblad te bevestigen. Het rode formica keukentafeltje was geduldig, maar de klem die het attribuut moet vastzetten, kreeg maar geen grip. Lag dat aan de vleugelmoer? Was die lam? Ma, dochter van een timmerman, schold niet, ook niet op een snijbonenmolentje. Uiteindelijk zat het onding zo goed en zo kwaad vast. Op tafel lag een bruine papieren zak met snijbonen. We konden aan het werk.

'Heb je dat snijbonenmolentje eigenlijk nog?'

'Nee, dat denk ik niet,' zegt ma, die niet al te veel trek lijkt te hebben. Met haar vork rommelt ze wat op haar bord.

Ik herinner me die snijbonenmolentjesdagen. Ik stopte met mijn huiswerk om ma een handje te helpen. Gretig duwde ik een snijboon in een van de twee invoergleuven, ma vermaalde 'm. Ik zette er de vaart in. Twee tegelijk. Het roterende mes, aangedreven door de slinger, maakte gehakt van de snijbonen. Op een schone theedoek ontstond een groeiende berg groene prut. Als mijn moeders arm lam raakte, nam ik het draaien over en stopte zij de snijbonen in de gleuven.

'Waarom deden we dat in godsnaam op die manier, ma?'

'Nu maak ik er met een aardappelschilmesje gewoon stukjes van,' zegt ma en ze glimlacht.

Ik herinner haar er maar niet aan dat ze al in geen maanden meer heeft gekookt.

We praten nog even verder over dat snijbonenmolentje. Zodra de snijbonen waren gemalen, hield ma het onding onder de kraan. Daarna goed afdrogen. Het mes mocht niet roesten natuurlijk. Men was zuinig, ook op een snijbonenmolentje.

O ja. Voordat de pan op tafel kwam, gooide mijn moeder er nog even een klontje boter en een snuf nootmuskaat in.

'Ik hoef niet meer,' zegt ze. Amper de helft heeft ze opgegeten.

'Ga ik zo een appeltje voor je schillen.'

Dat vindt ze goed.

WHAT'S NEXT?

'Valt je niks op aan je moeder?' Mijn vrouw vraagt het op zo'n toon dat het belangrijk moet zijn.

'Ze ruikt niet, toch?' Als ik ergens bang voor ben dan is het dat mijn moeder haar decorum verliest. Mijn moeder is schoon, ma is een dame.

'Nou,' zegt mijn vrouw, 'ik moet wel bekennen dat ik van de week voor het eerst zweetlucht rook bij je moeder. Heel licht maar, hoor.'

Ondanks de verzachting 'heel licht maar, hoor' grijpt die mededeling me aan. Een ruikende ma achtte ik ondenkbaar. Maar kennelijk is dit nog niet alles.

'Wat moet me dan opvallen?' Ik klink korzelig.

'Ze belt ons niet meer!'

Shit ja. Wij bellen háár alleen nog maar. Ik probeer na te gaan hoe lang ze ons al niet heeft gebeld. Een week of twee? Wij bellen haar zo vaak dat het me niet is opgevallen dat wij steeds het initiatief nemen.

Ik app mijn broer om te vragen of ze hem ook niet meer belt.

'Verdomd,' antwoordt hij, 'het is definitief eenrichtingsverkeer geworden.'

Het woordje 'definitief' schroeit zoals vroeger mijn knie brandde nadat de huid bij een partijtje voetbal de straatstenen had gekust.

Ik denk er diep over na: ma die me nooit meer opbelt.

In ons huis op de Lombardkade stond op de gang een telefoonmeubel. Een laag groen kastje waarop de telefoon stond met een zitje daaraan vast. Op maandagmorgen belde mijn moeder met tante Sjaan, tante Jannie of tante Klazien. Ma had een sigaret tussen de vingers. Als ik naar haar keek, blies ze weleens lucht uit en geen rook, zo van: je tante Klazien weet van geen ophouden. Maar als ik doorliep naar de huiskamer giechelde ze alweer.

Iemand bellen, vroeger was dat een opgave. Vinger in de draaischijf bedoel ik. Later werden het druktoetsen. Weer later voorkeuzetoetsen. Ma weet ineens niet meer hoe het moet. Weer een vanzelfsprekende handeling zomaar verdwenen.

Dik een jaar geleden merkten we dat ma de kruiswoordpuzzels en cryptogrammen uit de krant niet meer maakte.

Drie maanden geleden merkte ik dat thee en koffie zetten ingewikkeld voor haar werd.

Ik hou m'n hart vast. *What's next?*

STRUIKROVER

Wij, mantelzorgers, zitten met zijn vieren bij elkaar. Onze bezorgdheid groeit. Ma is onrustig. Bepaalde handelingen lukken haar niet meer. Het overzicht is weg. Het lijkt soms wel of ze de volgorde van de dingen niet meer begrijpt. Routines lijken verdwenen. Wat gaat het ineens hard.

Wanneer openbaarde ma's ziekte zich? Wanneer besloot meneer Alzheimer om bij ma in te trekken?

Ik sla mijn laptop open. Onregelmatig heb ik de afgelopen jaren aantekeningen gemaakt. Ruim twee jaar geleden schreef ik: 'Vandaag haar identiteitskaart teruggevonden die ze al een week kwijt was. Zat gewoon in een tas in plaats van in het portemonneetje in het bovenste laatje. Daaruit was een paar weken geleden haar bankpas verdwenen. Maar die was een paar dagen later weer terecht. Ma lijkt wel een goochelaar. Ik tref haar steeds vaker rommelend in laatjes aan. Stopt iets van het ene in het andere laatje. Of ze zoekt iets en, ook meegemaakt, weet dan niet meer wát ze zoekt.'

Dat waren de eerste signalen.

Als kanker een sluipmoordenaar is, wat is alzheimer dan voor schurk?

'Alzheimer is een dief,' zegt mijn vrouw, 'want je mist steeds meer gedachten.'

'Een struikrover,' zeg ik. 'Een nietsontziende struikrover. Eerst pakt hij alle nieuwe dingen van je af, daarna de ouwe.

Op het laatst wordt ook je kindertijd gestolen en staar je in het verpleeghuis wezenloos voor je uit.'

Het woord 'verpleeghuis' is het afgelopen jaar regelmatig gevallen. Het is – onder voorwaarden – bespreekbaar voor ma. Komt mede door ma's oudere zussen die het pad effenden. In het verpleeghuis zag mijn moeder, die vaak op bezoek ging bij haar zussen, hoe hun kaarsjes langzaam uitdoofden.

Dat ma, vijfentachtig jaar, die doodlopende steeg in zal moeten, dat weet ze zelf ook. Dat inzicht is er dan weer wel.

Tenzij...

'Ik hoop dat op een nacht mijn hart ermee ophoudt,' zegt ma. Ze zegt het al jaren. Het is een wens, een hartenwens.

Een somberder versie hiervan is ook gehoord. Ma zei het tegen een van de lieverds die ons helpen met de zorg: 'Ik spring niet van het balkon. Dat doe je je kinderen niet aan.'

Ik vraag me af hoeveel aan alzheimer lijdende mensen dat van plan waren en te lang hebben gewacht. Ik bedoel: toen mijn gepensioneerde psychiater te horen kreeg wat hij zelf al vermoedde, namelijk dat hij leed aan beginnende alzheimer, pleegde hij vrijwel onmiddellijk zelfmoord.

Zelfbeschikking is een groot goed. Alles beter dan deze aftakeling, die zal eindigen in totale ontreddering en complete ontluistering. Want hoezeer een mens ook is leeggeroofd, reken maar dat hij lijdt. Er is altijd wel wat bewustzijn over om je doorligplekken te ervaren.

Mijn broer zegt dat hij nog eens zal bellen met de zorginstelling.

'Neem jij dan contact op met ma's huisarts?' vraagt hij.

ANGSTEN

Wat moesten we de afgelopen maanden zonder Annie? Sinds ma de tv echt niet meer aan krijgt, komt de buurvrouw elke avond rond zeven uur op het groene knopje van de afstandsbediening drukken. Ze blijft dan even hangen voor een praatje.

En wat moesten we zonder onze vriendin Ien? Elke zondagmiddag bereidt zij een maaltijd voor ma en verleent hand-en-spandiensten. Wat moesten we zonder Sylvia en Ibolija? De een is een goede kennis, de ander al jarenlang ma's hulp in de huishouding. Regelmatig komen ze uit zichzelf langs om ma te ontzien, af te leiden en aandacht te geven. Als wij een beroep op deze mensen doen, zeggen ze nooit nee. Ze zijn allemaal even lief voor ma.

Maar.

Ondanks het feit dat er elke dag iemand van ons aanwezig is – mijn broer, mijn schoonzus, mijn vrouw of ik –, ondanks vier keer per dag professionele zorg aan huis, ondanks de zorg van Annie, Ien, Sylvia en Ibolija, ondanks de bezoekjes van andere buurvrouwen en van oom Jan en tante Sjaan; het gaat echt niet goed met ma.

Ze staat weer voor het raam, zie ik vanaf de parkeerplaats. Als ik binnen ben, zegt ze: 'O god, ik ben zo bang.'

Ik druk haar tegen me aan.

Ze bibbert. Dat doet ze anders nooit. Maar ook irreële angst is angst.

'O god, ik ben zo blij dat je er bent.'

Ik laat haar voorzichtig los. Ik denk hoe zwaar het afscheid straks wordt. Ik schaam me dat ik daar nu al aan denk.

'Hoe is het mogelijk dat je wist dat ik me zo voelde?' zegt ze.

Hoewel ik niet van plan was om bij haar langs te gaan – ik was op de terugweg van een voetbalwedstrijdje – sloeg ik rechtsaf, richting Ommoord. Maar het was geen voorzienigheid. Verre van.

'Ma, zo voel je je al dagen. Je bent vaak ongelukkig en bang. Dat zeg je tegen iedereen. Je voelt je niet meer fijn in dit huis.'

'Ik ben bang dat ze weer binnenkomen vannacht.'

Ik pak haar hand. Ik lach om mijn geruststellende repliek kracht bij te zetten. 'D'r komt helemaal niemand binnen, moedertje. Echt niet.'

Het zou me niet verbazen als ma weer een blaasontsteking heeft. Ontstekingen bij alzheimerpatiënten kunnen katalyserend werken, vertelde de huisarts ons een tijdje geleden. 'Je moeder kan dingen gaan zien die er niet zijn.'

Ik zal de mensen van de thuiszorg straks vragen of ze ma's urine kunnen laten onderzoeken. Ik haal een glas water en ga tegenover mijn moeder zitten. Daardoor zie ik goed hoe ze schrikt als de deurbel gaat.

'O god,' zegt ze met een stem zo dun als vlindervleugels.

'Ma, doe niet zo mal. Da's de bel.' Ik sta op. 'Dat moet iemand van de thuiszorg zijn. Voor je pilletjes. Die komen toch altijd even kijken hoe het met je is?'

'O, god,' piept ze en grijpt naar haar voorhoofd.

HERINNERING

Vroeger was mijn moeder niet bang.

Ik weet het nog zo goed. Ik sta in een kleedkamer, ik ben zes jaar, ik heb net turnles gehad en oudere jongetjes zingen een liedje: 'Vrouwen zijn niets, vrouwen zijn niets, ze weten nog niet eens wat voetballen is. Ze hebben een keeper, een luie sodemieter...'

Mijn moeder legt ze met één blik het zwijgen op. Ze zegt dat ik op moet schieten. Ze strikt mijn veters. Achter haar rug kijken jongens mij boos aan, maken stomme gebaren. Toen voelde ik schaamte, nu, bijna vijftig jaar later, trots.

OVERSTUUR

Paniek in de tent. De mevrouw van de zorg kan er niet in bij ma. De deur zit op het nachtslot en ma – ze staat weer voor het raam – gebaart wanhopig dat de sleutel weg is. Er hoeft godzijdank geen brandweer aan te pas te komen.

Gelukkig heeft ma de tegenwoordigheid van geest om op verzoek van de zorgmevrouw, die druk staat te gebaren op de galerij, een zijraam open te doen. Die klimt naar binnen. Ma is van alle consternatie helemaal overstuur.

Dit kan zo niet langer.

BERICHT

Voor de zorg van ma hebben wij, mantelzorgers, een groepsapp aangemaakt. Zo praten wij elkaar dagelijks bij. Vandaag heeft mijn broer Laurens er een belangrijke mededeling van het CIZ (Centrum Indicatiestelling Zorg) op geplaatst.

Hij stuurt ons een scan van de brief die aan ma is geadresseerd. 'Een medewerker van het CIZ heeft tijdens een huisbezoek onderzocht of uw verblijf in een Wet Bopz aangemerkte instelling noodzakelijk is. Aan u is gevraagd of u achter de opname in deze instelling staat. In deze brief leest u ons besluit.'

Ik ga er even bij zitten en denk weer terug aan hoe het allemaal begon. Dik twee jaar terug kostte het de huisarts overredingskracht om ma een afspraak met een geriater te laten maken. 'Zo'n geriater heeft veel meer verstand van het wel en wee van ouderen dan ik,' zei de huisarts. 'Ik raad u zo'n bezoek aan.' Op verzoek van ma was ik erbij, omdat ze vast niet alles kon onthouden wat de huisarts allemaal zou zeggen. Ik maakte van de gelegenheid gebruik en viel de huisarts bij: 'Doen, ma. Je hebt best veel klachten. Misschien is er een verband. Ik ga met je mee naar de geriater, hoor.'

Aandringen: het werkt niet altijd bij mijn koppige moeder, vaak zelfs averechts. Maar door lichte dwang uit te oefenen ('voor je eigen bestwil ma, je bent soms duizelig') hadden we haar een jaar eerder wel achter een broodnodige rollator gekregen. Ik weet het nog goed, haar wantrouwen tegen 'dat ding'. En dat ze daar 'rollatortraining' van een fysiotherapeut voor nodig had, vond ma bespottelijk. Maar ze ging naar rollatortraining en, vooruit, omdat ze soms wat licht in haar hoofd was gaf 'dat ding' zekerheid. In huis hoefde ze 'm niet te gebruiken, maar naar het winkelcentrum ging ze voortaan met de rollator.

Ma stemde in en een vriendelijke geriater deed onderzoeken. Vier afspraken en een halfjaar verder volgde de diagnose: ma had beginnende alzheimer. Ik hoorde haar koelbloedig zeggen dat ze er niet vreemd van opkeek met vier zussen en een broer voor haar die dement waren geworden.

Na de diagnose kwamen de professionele hulptroepen. In het begin twee keer per dag zorg aan huis, dat is uitgegroeid naar vier keer en binnenkort vijf keer per dag. Ma mocht ook naar de dagopvang in een verpleeghuis, maar daar paste ze voor. 'Wat moet ik daar doen?' klonk het afgemeten. 'Ik heb het thuis prima naar mijn zin.'

Ik staar naar het bericht in de groepsapp. Die brief van het CIZ verwart me.

Het CIZ heeft ma twee weken geleden opgezocht. Mijn broer en een mevrouw van de thuiszorg waren erbij.

Aan ma werd gevraagd of ze naar een verpleeghuis wilde. Haar antwoord was ja. Er werd vervolgens gevraagd of ma zich realiseerde dat ze dan niet meer zelf naar buiten kan, omdat een verpleeghuis een gesloten inrichting is. Mijn moeder knikte. De vraag kwam in allerlei varianten terug, constateerde mijn broer, en steeds was ma's antwoord ja.

In de brief: 'Omdat u niet duidelijk heeft gemaakt of u in een Wet Bopz aangemerkte instelling opgenomen wilt worden of niet, is het mogelijk u op te laten nemen op grond van artikel 60 van de Wet Bopz.'

In gewoon Nederlands: u gaat naar een verpleeghuis, of u nu wil of niet.

Ik begrijp het niet. Mijn moeder stemt er toch mee in?

De schriftelijke argumentatie: 'Wij vinden het noodzakelijk dat u wordt opgenomen in een Wet Bopz aangemerkte instelling omdat u buiten de instelling niet voor uzelf kunt zorgen. Het is in uw situatie nodig om extra maatregelen te nemen om uw veiligheid of die van anderen te beschermen.'

Bot gezegd: ma wordt opgesloten. Maar nu dramatiseer ik. Want ma had dat zelf al besloten. Begrijp ik het goed dat aan ma's antwoorden geen waarde meer wordt gehecht?

Linksom of rechtsom, ma's lot is bezegeld. Ze gaat naar een verpleeghuis en dat is een opluchting, want de afgelopen weken – och, ze was zo verdrietig, gedesoriënteerd en angstig – waren een kwelling voor ma.

DUIDELIJKHEID

Een paar dagen terug kreeg ma te horen dat zij naar een verpleeghuis mag. Ik gebruik het werkwoord 'mogen', maar het is moeten. Er stond: 'Wij vinden het noodzakelijk dat u wordt opgenomen...' Ik besluit erover te bellen. Waarom besloot het CIZ voor ma?

Het antwoord: 'Omdat onduidelijk was of uw moeder wel besefte wat ze zei en wat de gevolgen voor haar zijn. Op grond van artikel 60 van de Wet Bopz kan voor iemand worden beslist.'

Ik vraag wat er gebeurd zou zijn als mijn moeder in het gesprek had tegengestribbeld. 'Als iemand pertinent niet uit zijn of haar huis wil en dat aangeeft in woord of gebaar, dan volgt een nieuw gesprek. Is die uitkomst hetzelfde, dan volgt er wéér een gesprek. Is er drie keer nee gezegd tegen opname in een verpleeghuis, dan komt de rechter eraan te pas.'

Dat is waar ook. Wij hebben dat drie, vier jaar geleden meegemaakt met mijn moeders oudere zus, Leny. Tante Leny, dat was me er een. Wandelen dat ze kon. Maar ze wist de weg niet meer terug. Op een avond vond de politie haar op een bankje in het Kralingse Bos, vier kilometer verderop. Het was al de derde keer dat ze zoek was. Ze verzorgde zich ook niet goed meer. Ach, tante Leny. Thee zetten kon ze niet meer, maar nee zeggen wel. Drie keer zei ze nee tegen het CIZ. Na die drie sessies was de rechter nodig om tante Leny in veiligheid te brengen. Ik weet nog hoe opgelucht ma was.

Nu zijn wij opgelucht dat ma, die thuis zo ongelukkig en hulpbehoevend is, zelf verlost gaat worden. Welk verpleeghuis wordt het? Mijn broer en ik weten het wel. Ma's zussen Leny en Jos zaten in dat ene Verpleeghuis. Met een hoofdletter V, omdat ze er geweldig werden verzorgd. Maar de wachtlijst blijkt langer dan we dachten. Naar schatting komt er pas over een maand of vier een plaatsje vrij. Maar ma zo lang semizelfstandig in haar appartement laten zitten, gaat echt niet meer. Dus steken wij, mantelzorgers, opnieuw de koppen bij elkaar.

KINDS

Ballen dalen in, baby's dalen in en ook verpleeghuizen blijken te kunnen indalen. Ondanks haar haperende geheugen is ma zich zeer bewust van de aanstaande verhuizing van haar galerijappartement naar een verpleeghuis. Ze vertelt er ruimhartig over, en vanzelfsprekend bij herhaling. 'Wat neem ik daar allemaal mee naartoe?'

Wij, mantelzorgers, moeten nu op de rem trappen. 'Je staat op de wachtlijst, ma. En nog niet bovenaan.' De geschatte wachttijd van vier maanden noemen we bewust niet. 'Over een paar weken is het zover,' zeggen we haar steeds. Vaag houden. Niet te veel druk erop.

'Hoe werkt dat dan?' vraagt ma, moeder van twee journalisten.

'Er moeten eerst mensen dood,' zeg ik.

Ma schiet in de lach. 'Nou zeg.'

'Ja ma, het is wat kort door de bocht, maar pas als er mensen sterven, komen er kamers vrij in het verpleeghuis. Dus er is alle tijd om hier in te pakken. En dat hoef je zelf niet te doen, dat doen wij voor je.'

'Wat neem ik dan allemaal mee?' Die vraag komt steeds voorbij. Ik voel bezorgdheid bij ma. Ze heeft ook veel spullen. Daar kan maar tien procent van mee.

'Ik kan niet alles meenemen, hè?'

'Nee,' zegt mijn vrouw. 'Dat kan helaas niet. Je moet kiezen.'

'Dát wil ik meenemen.' Ma wijst naar de fotowand met honderdvijftig jaar familiegeschiedenis. Ik loop naar de rijkelijk behangen muur centraal in haar appartement. 'Wie is dit ook alweer, ma?'

Ze staat op van de bank en bekijkt de foto. 'Opoe,' antwoordt ze. 'Mijn vaders moeder.'

Ik zeg: 'Wat kijkt ze streng.'

Voorzichtig haal ik de foto van de muur. Op de achterkant lees ik: 'Haslinghuis. Gestorven in 1921.' Hoe mijn overgrootmoeder stierf en waaraan staat er niet bij. Ma zal het ook wel niet weten, zij is zelf van 1929, ik heb haar er nooit over gehoord.

Opoe Hermina Haslinghuis is zevenenzeventig jaar geworden. Was zij dement? Zou zij die rotziekte aan mijn opa, mijn tantes, mijn oom en mijn moeder hebben doorgegeven?

Bestond het woord dement in die tijd trouwens al? En alzheimer? Oude mensen zoals ma werden vroeger 'kinds' genoemd. Het is een mooi woord, kinds, maar een eufemisme. Kinds klinkt liefelijk. De realiteit is anders. Hard, lelijk, pijnlijk. In het woordje kinds klinkt geen verdriet door.

Kinds, tegenwoordig gebruikt niemand dat woord meer. Tot wanneer werd het gebruikt? Noemden we opa Huijsdens – mijn opa, ma's vader, Hermina Haslinghuis' zoon – rond 1970 kinds? Volgens mij niet. Ik weet nog wel dat ik bij hem op bezoek was en met verbazing naar hem keek. Opa Huijsdens noemde me Arjen (zo heette een neefje van me) en gaf me royaal een kwartje uit zijn leren portemonnee. 'Hier, Arjen. Koop daar maar wat lekkers voor.' Ik keek van het kwartje naar ma. Die gebaarde: laat maar zitten, je opa weet het allemaal niet zo goed meer.

Dat raakte me. Dat opa dacht dat ik heel iemand anders

was, ik kon dat niet begrijpen, dat een mens zich zo lelijk kon vergissen.

Ik ben zo blij dat ma mij nog herkent. Ik kan me gewoon niet voorstellen dat ze mij op een dag vergeten is.

TROUWBOEKJE

'Mijn trouwring ben ik in Weesp verloren,' zegt ma. 'In de tuin.'

'Symbolisch bijna,' zeg ik.

De enige periode dat ma ongelukkig was, woonden we in Weesp. Omdat pa in Amsterdam werkte bij firma De Schaap waren mijn ouders uit Rotterdam vertrokken. Ma stierf in Weesp echt van de heimwee. Na twee jaar, in 1968 – ma negenendertig, pa veertig, broer Laurens veertien, ik zes – verhuisden we terug.

Hoe ma net op die verloren trouwring kwam? Simpel. Er komt weer een verhuizing aan. Haar laatste.

Er kan niet veel mee. We inventariseren, we schonen op. Kasten en laatjes gaan open. Er komt van alles tevoorschijn.

Ma staat op de wachtlijst van twee verpleeghuizen. Niet bovenaan, maar godzijdank ook niet onderaan. Mijn broer heeft de druk op de zorginstelling opgevoerd door uit te leggen hoe ongelukkig ma thuis is. Misschien helpt het.

'Kijk, ma.'

Vragende blik.

'Het is je trouwboekje.'

Flauwe glimlach, ze slaat haar ogen neer.

Wat een prachtige voorkant. Linksboven staat in gouden lettertjes 'Rotterdam'. Daarboven het wapen van de stad waar mijn vader en moeder op 3 oktober 1951 trouwden.

Het is een erg dun boekje als je in ogenschouw neemt dat het huwelijk zevenenvijftig jaar mocht duren. Tel er zeven voorhuwelijkse jaren bij op en mijn ouders zitten aan de vierenzestig jaren.

'Kinderen uit dit huwelijk geboren.' De naam van mijn broer en die van mij. Verderop de plekken waar wij gedoopt zijn. Laurens in Delfshaven, ik in Kralingen.

In het trouwboekje staat (een deel van) een gedicht van Joost van den Vondel.

Waer werd opregter trou
Dan tusschen man en vrou
Ter weereld oyt gevonden
Twee sielen, gloende aan een gesmeed,
Of vast geschakelt en verbonden
In lief en leed

Ma begint te vertellen. Niet vloeiend, maar ik ken het verhaal, ik ben eraan gehecht, ze vertelde me het meer dan eens.

Ma: 'We rammelden van de honger. Begin 1945. Het was hongerwinter. Je vader had een speciaal fluitje. Op zijn vingers. Dat was handig. We mochten elkaar nog niet zien, hè. Ik was pas vijftien. Mijn vader was streng hoor. Door dat fluitje wist ik wanneer je vader in de straat was. Deze keer was mijn vader niet thuis. Ik deed de benedendeur open en wenkte je vader. "Hier, ik heb wat voor je meegenomen," zei hij en hij stopte me een dikke snee brood in mijn hand. Die had hij uit zijn mond gespaard. Voor mij.'

Als de diepste ontroering bij haar is verdwenen, plaag ik: 'Niet eens een plakkie kaas erop? De ouwe gier.'

Dunnetjes lachend – er is gelukkig nog gevoel voor humor

over – maakt ma een wegwerpgebaartje met de hand waaraan haar trouwring zit. Want al in Weesp kocht mijn pa natuurlijk een vervangend exemplaar voor haar.

RONDLEIDING

Ineens zie ik dat mijn schoonzus huilt. Zij, mijn broer en ik worden vandaag rondgeleid in een verpleeghuis waarnaar de voorkeur van ma beslist niet uitgaat. Dat weet ik omdat mijn vrouw en ik hier twee weken terug al met ma zijn geweest. Nou, de afdrukken van mijn moeders nagels staan nog in mijn hand. Ma kneep steeds om aan te geven: hier laten jullie me niet achter, over mijn lijk! Tijdens de rondleiding had ma mij met ouderwets priemende ogen aangekeken. Ze had de tegenwoordigheid van geest om dat te doen zodra de verpleegkundige met haar rug naar ons toestond. Ma's scherpte is nog niet helemaal verdwenen.

Tja. We zijn dat andere Verpleeghuis gewend. Het Verpleeghuis met een hoofdletter V, waar ma's oudere demente zussen Jos en Leny hun laatste jaren sleten. Ma, toen nog helder van geest, ging vaak op visite bij haar schatten van zussen. Op de terugweg van het Verpleeghuis zei ma altijd: 'Als het mij ook overkomt, dan wil ik híer terechtkomen.' Dat hebben wij, zonen en schoondochters, in onze oren geknoopt.

Het is zover. Het CIZ vindt het noodzakelijk dat ma wordt opgenomen. Daar zijn wij, zonen en schoondochters, het mee eens. En ma desgevraagd ook. Die is thuis doodongelukkig.

Het ene verpleeghuis is het andere niet. Dat blijkt wel als ik mijn schoonzus zie snotteren. We staan in een kamer die vrij gaat komen. De bewoonster is eergisteren gestorven. Foto's van de overledene hangen nog aan de muur. We zien ook beelden van haar kinderen en kleinkinderen.

Mijn schoonzus heeft geen goed gevoel over deze instelling. Mijn broer ook niet. Gelukkig. Twee weken geleden liepen ons – ma, mijn vrouw en mij – ook de rillingen over het lijf. Bij mij was het de permanente penetrante geur van urine in het verpleeghuis die me diep ongelukkig maakte.

Ik ruik het nu weer.

In dit verpleeghuis met een kleine letter v houdt mijn schoonzus een zakdoekje tegen haar ogen.

De aardige vrouw die ons begeleidt, zegt: 'Ik begrijp het. Als het gevoel niet goed is, moeten jullie het niet doen.'

Zeven minuten later staan we buiten.

'Rook je het ook?' zegt mijn schoonzus. Nog voordat ik kan antwoorden, zegt ze: 'De dood. Je rook de dood.'

'En overal rook het naar urine,' zeg ik.

'Dit moeten we ma niet aandoen,' zegt Laurens.

Maar dat betekent wel dat onze moeder nog langer moet wachten. Op de wachtlijst van het Verpleeghuis – die met hoofletter V – staat ze hoog, maar nog niet bovenaan.

Kan ma dat aan? Nog langer wachten?

CESAR MILLAN

Ik heb goed nieuws en ik heb slecht nieuws. Altijd met het slechte nieuws beginnen. Gisteravond. Even voor elven word ik gebeld. Een vrouwenstem. 'Bent u de zoon van mevrouw Borst? Uw moeder is erg van streek. Ik ben een buurvrouw en ben nu bij haar. Zou u kunnen komen?'

Een kwartier later sta ik in het appartement. Het eerste wat me opvalt: ma is Kaat-haar-in-de-war. De wallen onder haar schrikogen zijn groter dan ooit. De jonge buurvrouw ken ik niet. Ze woont ook op de vijfde, vertelt ze.

Ik schud haar de hand. Ze is hoogzwanger, zie ik.

'Uw moeder stond vanavond voor het raam en gebaarde druk naar ons dat er iets was.'

'Stond je weer voor het raam, moedertje?'

'Uw moeder zei dat ze bang was. Toen ben ik bij haar gaan zitten.'

'O god, ik ben zo blij dat je er bent,' zegt ma tegen me.

Ik druk mijn wang tegen de hare. 'Niks aan 't handje, ma. Wat lief dat de buurvrouw zo goed op je let.'

'Ja, we houden een oogje op uw moeder. We kijken altijd of haar licht wel brandt.'

Ik leg de buurvrouw uit dat er goed voor ma wordt gezorgd, dat er dagelijks meerdere malen mensen langskomen van de thuiszorg en dat wij, mantelzorgers, haar 's middags warm eten brengen.

Als de vriendelijke hoogzwangere buurvrouw weg is, zit ma te rillen op de bank. In haar appartement is het eerder te warm dan te koud, maar ik pak een dekentje en leg dat over haar dun geworden benen. De kat geeft er kopjes tegen. Goh, Tijger is nog magerder geworden. Ik loop naar de keuken en vul zijn lege bak met brokjes. Het beestje valt meteen aan.

Terug in de huiskamer ga ik tegen ma aan zitten, sla een arm om haar heen. Zo zitten we een minuutje samen te zwijgen.

Ik sta op, zet de tv aan. De wereldberoemde hondenfluisteraar Cesar Millan is bezig een doodsbange hond over te halen tot zwemmen. Het beest weigert.

Ik zie ma nooit meer tv-kijken. Radio 1 staat ook nooit meer op. Ma ijsbeert vooral, staart, peinst, staat voor het raam. God weet van haar muizenissen. Ma huilt veel. Dát is het beeld dat wij en de mensen van de thuiszorg hebben. Die onrust in haar hoofd.

'Goh, dat je nu precies langskwam,' zegt ma. 'Dat je wist dat ik me zo rot voelde. Wat een geluk.'

'De buurvrouw belde me, ma.'

'Welke buurvrouw?'

'Die hoogzwangere dame.'

Ze kijkt me verbaasd aan. De buurvrouw met haar dikke buik is in de nevelen verdwenen.

'Ach, ik ben toch zo bang.'

Ik kijk naar het scherm. De hond heeft door de aanmoedigingen van Cesar Millan het water getrotseerd. Hoe flikt de hondenfluisteraar dat?

Ik ben Cesar Millan. Ik probeer ma haar angst te laten overwinnen. Alleen: als ik straks weg ben, is ze al mijn geruststellende woorden vergeten.

Ma zegt: 'Ik denk steeds: hoe kom ik hier nou eigenlijk terecht?'

'Dit is je huis, ma.'

'Ach,' zegt ze en ik weet nou niet of ze bedoelt: 'Ach, natuurlijk' of 'Ach, wat vertel je me nou.'

Nu het goede nieuws. Mijn broer Laurens werd vanmiddag gebeld met de mededeling dat er plaats is in het Verpleeghuis. Het is zover. Over een dag of vier gaat ma over. Morgenochtend gaan we het haar vertellen.

VRAGENLIJST

'Met de verkregen informatie kunnen wij uw moeder gerichte activiteiten aanbieden. Het kan zijn dat u niet alle vragen kunt beantwoorden. Dit is geen probleem. U bent vrij in wat u wel en wat u niet invult. De activiteitenbegeleidster verwerkt de informatie in het Elektronisch Zorgdossier van uw moeder.'

Samen met mijn broer beantwoord ik een vragenlijst over ma's leven. Op een ijskoude avond proberen we het leven van ma in korte antwoorden te vangen.

Lagere school: Katholieke school, alle meisjes kregen les van nonnen.
Type vervolgopleiding: Huishoudschool. Had naar mulo gekund.
Woonsituatie: Arbeidersgezin. Arm maar harmonieus.
Band met ouders: Goed met moeder, matig met vader, mede opgevoed door oudere zussen.
Plek/rol in gezin: Nakomertje.
Vreugdevolle herinneringen/anekdotes: Liep in de Hongerwinter samen met toekomstige man van Rotterdam naar de Achterhoek waar wel voedsel en werk te vinden was.
Verdrietige herinneringen: Haar jonge hondje viel van het balkon.

'Zou ze dat laatste nog weten?' vraagt mijn broer.
 'Ik hoop het niet,' zeg ik.

Kleinkinderen: Debbie, Tessa, Charlie.
Speciale herinneringen aan: Vakantiehuisjes in Driebergen sinds 1975. Ook zussen Leny en Jos hadden daar een huisje.
Hobby's: Lezen, borduren, breien, koken, bezoeken van kunst- en antiekbeurzen.
Verdrietige herinneringen/traumatische gebeurtenissen: De vroege dood van haar jonge huisarts Boerlage met wie ze close was. Hij kwam bij een auto-ongeluk om het leven. Maar zeker ook de relatief jonge dood van petekind Ineke en neef Eddy maakten haar erg verdrietig.

'Weet ze dat allemaal nog, denk je?' vraagt mijn broer.
 'Ja nou,' zeg ik. 'Ze begon laatst uit zichzelf nog over Ineke en Eddy.'
 Zo goed als we kunnen, grofweg, reconstrueren we ma's leven.

KRUIS (2)

'Die is van mij.'

Ma wijst naar het kettinkje om mijn hals waaraan een kruis hangt.

'Nee ma, die heb je me gegeven.'

'Ja, dat kun je nou wel zeggen...'

'Echt moedertje, voor mijn verjaardag.'

Ze kijkt de andere kant op, zwijgt.

VERHUIZING

Ik laat mij achterover vallen op het hotelbed. Het zit me dwars dat ik uitgerekend nu een paar dagen voor werk in Londen ben. Terwijl ma morgen verhuist naar het Verpleeghuis moet ik aan Engelse kranten en radioprogramma's interviews geven over Louis van Gaal. Ik weet heus wel dat ma in goede handen is, daar zorgen mijn vrouw, mijn broer, mijn schoonzus en lieve vriendinnen wel voor. Maar ik had erbij willen zijn wanneer ma voor de laatste keer de deur van haar huis achter zich dichttrekt. Schrijf ik 'willen'? Ik maak er 'moeten' van.

Het zit ons niet mee. De mevrouw die Tijger graag wilde overnemen, heeft daar gisteren toch van afgezien. Met een goede reden, maar toch. We moeten snel een nieuw huis voor ma's kat zien te vinden, want in het Verpleeghuis zijn dieren verboden.

De verhuizing is materieel al in volle gang. Op onze zorgapp verschijnt een fotoverslag. Ma's karakteristieke fotowand met onze familiegeschiedenis wordt op dit moment weer opgebouwd in haar kamertje in het Verpleeghuis. Een kledingkast, overgenomen van de nabestaanden van de vorige bewoner, begint al aardig vol te raken.

Ik vraag over de app hoe het met ma is. Ik lees: 'Het is haar nu een beetje te veel aan het worden. Ze is moe en een beetje in de war. Op dit moment ligt ze lekker te slapen op de Robert Koch.'

Op de Robert Kochplaats in Rotterdam-Ommoord woonde ma zevenendertig jaar. De laatste zeven jaar zonder pa. Ik woonde er ook, van mijn zestiende tot mijn negentiende, daarna kwam ik er zeker twee keer in de week. Ik weet hoe het in de gang ruikt, ik weet waar de sjoelstenen liggen en waar pa's gehoorapparaten zijn opgeborgen. Van alle schilderijen is Ab Knupkers aquarel van Don Quichot & Sancho Panza mij het dierbaarst.

Ik denk aan ma's zwartleren bank die ze tien jaar geleden met pa kocht bij firma De Stam. Dat statige meubel wil ze meenemen naar het Verpleeghuis. Een paar dagen geleden zei ik wel drie keer: 'Dat kan toch niet, ma. Je kamertje is daar niet groot genoeg voor.'

'Waar kan ik dan 's middags een slaapje doen?'

'Je krijgt daar een heerlijk bed.'

'Dus mijn bed gaat ook niet mee?'

Haar toon varieert van verontwaardiging, verbazing tot berusting. De ene keer is ze zich bewust van de nakende verhuizing, een kwartier later zie je haar denken: waar hebben jullie het over?

Daarom wil ik nu in Rotterdam zijn en niet in Londen. Daar kan ik helpen een geschikt huis te vinden voor Tijger, want naar een asiel gaat het beestje absoluut niet. Ik zou hem best zelf willen nemen. Ik heb het vlak voor mijn vertrek naar Engeland thuis voorgesteld, maar erg enthousiast werd er niet gereageerd. Als er op dat moment gestemd was, had ik met 2-1 verloren.

Ik bel met mijn broer. Laurens zegt: 'Raar idee, hè. Als ma morgen de deur uitgaat, zullen haar herinneringen aan alles wat in dit huis is gebeurd snel vervagen.'

'Jezus. Van die vaststelling knap ik niet erg op, broer.'

Hij schiet in de lach.
En dan schiet ik in de lach.

BOOS

'Hoe is het, ma? Hoe voel je je in je nieuwe huisje?'
Het is middag, ik zit in de trein naar luchthaven Heathrow en druk de iPhone stevig tegen mijn oor.
Ik kan mijn moeder niet verstaan. 'Harder praten, ma.'
Ik hoor: 'Ik weet niet...'
'Is je kamer mooi geworden?'
Vanochtend hebben mijn vrouw en mijn schoonzus de laatste hand gelegd aan ma's kamertje in het Verpleeghuis. Ik heb er foto's van gezien op onze zorgapp. Het ziet er pico bello uit. Mijn moeder woont voortaan in een groep met nog acht bewoners, op de vijfde verdieping.
'Hier... bed...'
Ik versta mijn moeder nog steeds niet. Ze fluistert.
'Hugo? Het gaat goed met je moeder, hoor.'
Margi Geerlinks heeft de telefoon overgenomen. Margi is een vriendin die mijn moeder al een jaar, zo niet langer, volgt met haar fotocamera. Haar foto's worden bij mijn stukjes in de krant geplaatst.
'Zeg maar tegen ma dat ik morgenochtend langskom. Schrijf het in haar agenda.'
'Doe ik. Goede reis terug. Komt goed allemaal, hoor, Hugo,' zegt Margi.
Ik laat de metropool met grote snelheid achter me. In de trein ontvang ik een kersvers filmpje uit het Verpleeghuis,

vijfhonderd kilometer verderop. Mijn vrouw houdt mijn moeders hand vast. Ma zegt: 'Ik wil naar huis.' Ze huilt niet, ze dreint niet: ze eist het. Ze kijkt verongelijkt, gekrenkt. Ik herken dat gezicht wel. Zo kon ma ook zijn.

Op de luchthaven krijg ik een appje van Margi. Zij is de hele dag bij ma in de buurt gebleven. 'Je broer doet nu een intakegesprek met de arts van het Verpleeghuis. Debbie en Balou zijn bij je moeder. Dat leidt heerlijk af.'

Alles is in stelling gebracht om het ma juist vandaag naar de zin te maken, tot kleindochter Debbie en achterkleinkind Balou aan toe.

's Avonds laat, terug in Rotterdam, bel ik mijn broer. Laurens vertelt hoe de dag begon aan de Robert Kochplaats. Samen met Margi begeleidde hij ma naar het Verpleeghuis.

'We hielpen ma in haar jas. Ze wilde graag afscheid nemen van de buurvrouw en belde bij haar aan. Ik trok de deur achter haar dicht. Zo'n deur voor het laatst in het slot draaien, ik ben niet zo'n huilebalk, dat weet je, maar ik had een brok in m'n keel. Margi nam met ma de ene lift, ik de andere, aan de andere kant van de flat, omdat daar mijn auto stond. Nou, in de auto was ma ineens weer de oude. Ze realiseerde zich heel goed dat ze vanaf nu ergens anders ging wonen. En dat wilde ze niet. Ik zei dat we daar heel veel gesprekken over hadden gevoerd, ook met veel mensen van de zorg erbij, maar ik kreeg de wind van voren.'

Ik onderbreek mijn broer. 'Wat zei ma dan allemaal?'

Laurens: 'Nou, wat niet? "Waarom stop je me weg?" "Ik wil niet naar een verpleeghuis." "Het is jullie schuld dat ik het huis uit moet." "Waarom kan ik niet gewoon thuis verzorgd worden?" "Ik kan dat huis toch gewoon betalen?" Ma's boosheid was echt niet normaal. Hoe verder we van de Robert Kochplaats weggingen, hoe bozer ze werd.'

Ik heb te doen met mijn grote broer.

'Voel je je er rot over?' vraag ik.

'We zijn niet over één nacht ijs gegaan, hè. Deze verhuizing was onvermijdelijk. En we hebben het met ma tot in het oneindige besproken. Maar dat telt niet als ze het zich niet herinnert. Pas toen we in de woongroep arriveerden, veranderde ze van houding. Ma ging handen schudden, ze lachte vriendelijk naar iedereen – je kent ma: heel beleefd –, maar op haar eigen kamertje begon het weer. "Waarom stoppen jullie me hier weg?" Weet je... Ik dacht ook een paar keer: ma is nog te helder. Ze maakt dit te bewust mee. Ze zag mensen bij wie het ziekteproces veel en veel verder is. Toen had ik echt medelijden met ma. Ik vroeg me vandaag ook af of ze daar wel thuishoort. Met de meeste patiënten kun je geen goed gesprek voeren.'

'Ze kan niet meer zelfstandig wonen, Lau.'

'Weet ik. Er is geen weg meer terug.'

TIJGER

Van het Verpleeghuis naar het oude huis van ma is niet ver. Amper vijf minuten rijden. 'Het oude huis van ma' klinkt raar. Gisteren werd ze nog wakker op de Robert Kochplaats, en Tijger, ma's kat, zit er nog.

Tijger was moederziel alleen vannacht. Ik ga 'm nu ophalen, we moeten een nieuw huis voor hem vinden.

Zojuist gaf ik ma een knuffel in het Verpleeghuis. Die liet ze zich welgevallen. Ik vroeg: 'Hoe is het, ma?'

Ze zei: 'Wat denk je?' Toornige blik. Maar ik zag ook verwarring. Waar ben ik precies?

Sommige mensen zijn geboren reizigers. Mijn moeder niet, ik ook niet, wij houden niet van verplaatsingen. Ma zocht 's zomers wel de zon op met mijn vader, maar geen zomervakantie heeft langer dan twee weken geduurd. Dan wilde ze weer naar Rotterdam, naar haar zussen en schoonzussen, naar huis. Haar huis was haar tempel, heel haar leven. Aan die heilige status veranderde ook de boosaardige meneer Alzheimer niets. Integendeel. Toen ze steeds meer vergat, waren haar spullen een houvast. De fotowand met familie in het bijzonder, maar ook de zwartleren bank gaf zelfvertrouwen.

'Uw moeder heeft goed geslapen,' zei een van de verzorgsters van de groep. 'Ze vindt de wc alleen eh...'

'Een beetje eng zeker,' zei ik.

'Ja, daar moet ze nog aan wennen.'

Ma hoorde niet wat ik zei, ze zat aan tafel met drie andere bewoners, maar ze keek argwanend onze kant op.

Toen ik weer bij haar ging zitten, knikte ze een tikje uit de hoogte naar een bewoonster in een rolstoel.

De vrouw keek me vanuit haar ooghoeken aan en zei ondanks mijn baard tegen mij: 'Mevrouw, mevrouw, ik hou van u.'

Even moest ma lachen, toen drong de ernst door. Ze fluisterde: 'Ik wil hier weg.'

Schoorvoetend kwam ik met de riedel die mijn broer gisteren tegen ma afstak en die eindigde met dat ze hier nu voortaan woont.

Ik parkeer op de Robert Kochplaats, stap uit. Ik betrap me erop dat ik bang ben voor het sentiment van de geur van ma's oude huis.

Het valt mee. In het gangetje snuif ik de geur van appels op, vermengd met jassen aan de kapstok die het huis al lang niet hebben verlaten. Het is een vertrouwde lucht die ik in een flesje zou willen stoppen, zoals ik mijn moeder van vóór haar alzheimer ook het liefst in een doosje had willen doen. Om het dan af en toe te openen om een zinnig praatje te kunnen maken over de boeken die we aan het lezen zijn.

'Ma, ik geniet momenteel toch zo van de roman van Alex Boogers, *Alleen met de goden*. Wat lees jij nu?'

Miauw.

Mijn getreuzel in het gangetje roept reactie op. Ik open de kamerdeur. Tijger geeft me kopstoten. Was ma's kat een voetballer dan leek hij op de kopsterke Luuk de Jong van PSV.

'Ik kom je bevrijden, Tijger. Kom maar.'

Ik verzamel zijn spullen in het gangetje. Mandje, kattenvoer, etensbakjes, speeltjes, kattenbak, kattenbaksteentjes.
Ik hoop maar dat zijn nieuwe huis 'm zal bevallen.

SCHULDGEVOELENS

Een bericht van mijn schoonzus Jackie: 'Je moeder heeft vanochtend een uur lang tegen me gescholden en jou en je broer voor alles uitgemaakt. Ze heeft heel hard gehuild en om haar moeder geroepen. Heel triest om te zien. We hebben koffie gedronken in de gemeenschappelijke huiskamer, maar daar werd haar kwaadheid niet minder. Ik waarschuw je alvast.'

Ik app haar dat ik vanavond om een uur of zeven langsga.

Ma wil weg uit het Verpleeghuis. Ze zegt het tegen iedereen die op bezoek komt. Ik zet me schrap voor haar stemming. Ook nu nog.

Rond haar vijftigste veranderde ma een beetje in haar nadeel. Misschien had het met de overgang te maken, geen idee, maar ze kon zich ineens heel kwetsbaar tonen of overgevoelig reageren. Terugkijkend vind ik dat de moeder uit mijn jeugd een sterke, vrije vrouw was, zelfstandig, wijs, ruimdenkend. Rond haar vijftigste ontwikkelde ma plotseling angsten. Het is niet dat het leven onleefbaar voor haar werd, maar wie alleen vanuit het raam de horizon kan beschrijven of hooguit een paar keer per maand de snelweg richting Driebergen pakt (daar stond het weekendhuisje van pa en ma), die weet dat ze zichzelf beperkt. En wie zichzelf tekortdoet, wie ongelukkig is, gaat zich afreageren op naasten.

In die periode, mijn vader was aan zijn laatste werkzame jaren bezig, werd mijn moeder soms boos om niks. Mijn vader had iets gezegd, of nagelaten. Of ik. Of mijn broer. Een mug werd een olifant. Dan beet ze van zich af en wel zo venijnig dat dat haar sterkte in de opvatting dat haar onrecht was aangedaan. Dan vertrok ze brullend van de eettafel naar de slaapkamer – en kreeg haar daar maar eens vandaan.

Ik was bang voor die gekwetste moeder. Ik kreeg dan meteen last van schuldgevoelens.

En het wás ook weleens mijn schuld.

Toen mijn moeder eens in de rats zat omdat onduidelijk was of ze borstkanker had, zei ik als twintigjarige tijdens het eten: 'Ah ma, je houdt in elk geval nog één borst over.'

Misschien sterk uit de riekende mond van Lenny Bruce, ongepast en ongevoelig en dom uit de mond van een zoon. Nu ik het opschrijf geneer ik me weer. Overstuur rende ze naar de slaapkamer.

Gelukkig had ze geen borstkanker, bleek.

Iemand zei laatst: 'Ga jij soms naar je moeder uit schuldgevoel?'

Nee, dat is het niet. Dat weet ik zeker. Schuldgevoel voelt anders.

Noem het voor mijn part compassie, of beter nog: onvoorwaardelijke liefde. Ik vind het heerlijk om mijn moeder te zien en vast te houden, zelfs nu, nu ze vindt dat ik een ontaarde zoon ben, omdat mijn broer en ik haar hebben opgesloten in het Verpleeghuis.

ADMINISTRATIE

'Ik wil hierbij het abonnement op de VARA*gids* van mijn moeder opzeggen. Zij heeft de ziekte van Alzheimer en is sinds kort opgenomen in een verpleeghuis.'

Mijn broer Laurens heeft het er maar druk mee. Dit soort mailtjes heeft hij ook gestuurd naar het secretariaat van het magazine *Plus*, de VPRO en – pa en ma waren er een jaar of vijftig op geabonneerd –, het AD. Toen ik jong was, hadden we thuis ook nog *Televizier*, *Elsevier* en volgens Laurens werd een tijdje *Sextant* bezorgd. *Elegance* en *Avenue*, die zag ik ma ook lezen.

'Moet je nog meer opzeggen, broer?'

'Ja, de huur van de Robert Kochplaats, hè.'

Ik krijg een raar gevoel in mijn maag.

SUSSEN

De stukjes in de krant over ma zetten mensen aan tot schrijven. Een woord dat vaak valt in die brieven is 'herkenbaar'.

Dankzij een persoonlijke brief leer ik mijn moeder weer een klein beetje beter kennen. Riet Hoeber-Hogenbirk woonde in de jaren dertig en veertig in de Eerste Wandeloorddwarsstraat in het portiek naast ma. Ze is vijf jaar jonger dan mijn moeder. Ze schrijft over ma: 'Een rustig, verstandig meisje dat vaak ruzietjes probeerde te sussen tussen het kleine grut.'

En ik maar denken dat alleen mijn vader – zijn bijnaam luidde Kofi Annan – het vredestichten in het bloed zat.

KRUIMELTJE

Of het nou om literatuur ging, om mode, om kunst of om meubels, ma had een goede, verfijnde smaak. Het straatschoffie daarentegen is niet ma's beste keus geweest. Ik heb geen belangstelling voor het beeld, maar ik merk toch dat ik het niet over mijn hart kan verkrijgen om de Italiaanse variant van Kruimeltje bij de door ons gesorteerde rommelmarktspullen te zetten.

Ik was erbij toen ma het beeld kreeg. Ik vierde met mijn ouders vakantie in Cattolica, een toeristisch stadje aan de oostkust van Italië. Mijn moeder was tijdens de namiddagwandelingen steeds langs een etalage gewandeld waar Kruimeltje brutaal met een peuk in zijn smoelwerk naar haar stond te lonken. Ik, net dertien, moedigde mijn vader aan het beeld te kopen. Dat aandringen was niet nodig. Als mijn moeder iets moois vond dan trok pa zijn portemonnee. Waarbij aangetekend moet worden dat mijn moeder geen golddigger was, noch een gat in haar hand had.

Vandaag zijn mijn broer, mijn schoonzus, mijn vrouw en ik op de Robert Kochplaats aan het eh... tja, hoe noem je dit? Opruimen klinkt zo oneerbiedig, al moet er absoluut een deel van ma's inboedel weg. Kinderen kunnen niet alle spullen van hun ouders overnemen. Maar jezus, wat maken pa en ma het ons moeilijk. Ze hadden mooie spullen.

We verdelen de boel. Ik de boeken, mijn broer en mijn

schoonzus de meubels. Zij verhuizen binnenkort naar de Achterhoek en er is daar heel veel ruimte te vullen. Met ma's meubels, een mix van antiek, design en klassiek, kunnen ze daar voor de dag komen.

Ma's pronkstuk, de negentiende-eeuwse What-not, gaat naar mijn broer; ma's lievelingsbeeldje van een danseres met een verweerd ivoren gezichtje naar mijn vrouw, die er altijd al verliefd op is geweest. Ruzie krijgen we niet. Verdelen is gunnen.

Daar staan we dan. We zijn geen mantelzorgers meer maar opruimers. Er gelden vier categorieën.

D: Spullen die materieel en sentimenteel geen enkele waarde hebben gaan in een vuilniszak.

C: Rommelmarktspullen: vertegenwoordigen nauwelijks waarde maar er zullen mensen zijn die dat vaasje goed kunnen gebruiken of die krantenbak mooi vinden en het willen aanschaffen voor een eurootje.

B: Spullen die (nog) een zekere waarde vertegenwoordigen, maar waarover we twijfelen of we het nodig hebben of überhaupt willen. Familie of vrienden mogen het hebben en wat overblijft, gaat naar de veiling.

A: Alles wat waardevol en/of persoonlijk is en wat een van ons wil hebben. Denk aan sieraden, meubelen, schilderijen en boeken.

We zijn bij de C-keus aanbeland.

'Wat moet ik met je, ouwe dibbes?' hoor ik mezelf zeggen. Hulpeloos sta ik met Kruimeltje in mijn hand. Het is een beeld met een kleine persoonlijke geschiedenis, maar ja, het is wel een kitscherig beeld.

Shit. Het sentiment gaat met me aan de haal. Ik ben nog niet eens helemaal wees en ik sta met ma's spullen in mijn hand. Het voelt als heiligschennis. Ik denk aan ma die nu nietsvermoedend in het Verpleeghuis zit. Ze zou boos zijn als ze zag dat we aan haar spullen zaten. Toen we de afgelopen weken in haar bijzijn alvast de inboedel sorteerden, groeide haar argwaan. 'Ik hoor jullie wel.' En: 'Wat doen jullie daar?'

Ik leerde een onvermoede kant van ma kennen. We gunden haar trouwe huishoudelijke hulp twee bronzen vogeltjes uit het interbellum. 'Hoezo?' zei ma. En de hartelijke vriendin die ons soms uit de brand hielp bij het mantelzorgen en zo lekker kookte voor ma, haar gunden we een sieraad. 'Komt niks van in,' zei ma bits.

En dan te bedenken dat mijn vader en moeder altijd zo vrijgevig waren. Maar meneer Alzheimer is een dominante eikel. Hij stookt de boel op in ma's bovenkamer, gooit de boel in de war. En zo is mijn eigen moeder plotseling hebzuchtig geworden.

'Willen jullie 'm?' vraag ik aan mijn schoonzus. Ze monstert Kruimeltje nog eens en schudt haar hoofd. 'Zet maar bij de rommelmarktspullen.'

Dat doe ik en het voelt als verraad.

Ik kijk naar ma's spullen. We zijn pas halverwege.

VERZOEK

Het is 's avonds iets over zevenen. Ma ligt met haar kleren aan op bed te slapen in haar kamertje in het Verpleeghuis. De tv staat op RTL *Boulevard*, een programma waar ze vroeger nooit naar keek.

'Hallo, moedertje.' Ik praat zachtjes en niet te opgewekt.

Ze is meteen wakker.

'O, jongen. Wat ben ik blij dat je er bent.' Een warme, bijna stralende lach.

Godzijdank. Ze is een keer niet boos. Ik druk een kus op haar voorhoofd.

Langzaam komt ze overeind. 'Het is hier verschrikkelijk.'

'Nou, hier ben ik,' zeg ik zo nonchalant mogelijk. 'We zijn er toch altijd.'

'Hoe kom je erbij?' zegt ze. 'Ik zie jullie nooit.'

'Je krijgt bijna elke dag bezoek van een van ons, ma.'

Ze kijkt me aan met een vuile blik.

'Het is hier verschrikkelijk.'

'Waarom dan?'

Dan begint ze aan een wazig betoog. Haar taal holt achteruit. Eerst werden zinnen niet afgemaakt, nu hebben sommige woorden kop noch staart. Aan haar ogen en haar frons zie ik dat ze furieus is.

Gisteren was mijn broer de klos. Volgens ma had hij haar opgesloten. Dat verwijt maakt ze mij nu ook. Vol venijn zegt ze: 'Zo heb ik je niet opgevoed.'

Die zin komt er vloeiend uit. En de volgende ook. 'Het is gemeen dat jullie niets doen. Ongelofelijk.'

Kalm herinner ik ma er voor de zoveelste keer aan dat ze op de Robert Kochplaats zo verschrikkelijk bang was. Bang voor geluiden, bang voor mannen die in het donker haar huis binnenkwamen.

'Ja ja ja, dat kan je allemaal wel zeggen,' onderbreekt ze me.

'Weet je niet meer dat je bang was?'

'Misschien één keer.'

Ik leg een hand op haar knie. 'Ma, je was continu bang. Je was zo blij dat je hoog op de wachtlijst van dit verpleeghuis stond.'

'Maar dit, dit...' Ze slaat een hand voor haar ogen en snikt. 'Mijn god.'

Ik zwijg.

Ze zit hier nu drie weken en elke dag is het raak. Liever zou ik eventjes niet meer gaan.

In de stilte die wel dertig seconden duurt, zap ik naar RTL7. Een voetbalwedstrijd.

'Ik moet deze week de shirtjes wassen,' zeg ik. 'Ik voetbal nog, ma. Wist je dat? Nou ja, veel stelt het niet meer voor.'

Ze zwijgt. Ostentatief.

Ik denk: wat zal ik nu eens zeggen? Ik weet niks meer.

Dan begint ze weer van voor af aan. 'Het is hier verschrikkelijk.'

Ik leg mijn hand weer op haar knie.

Ineens wijst ze naar de bovenkant van haar hoofd en zegt: 'Je kan beter mijn kop inslaan.'

Dat zinnetje rolt er perfect uit.

'Dan moet ik naar de gevangenis, ma.'

'Dat is waar,' zegt ze en ze peinst en dat doe ik ook: peinzen, peinzen over haar waarachtige hunkering naar een genadeklap.

HUISARTS (1)

Nu ma zo diep ongelukkig is vraag ik me af of ze ooit een euthanasieverklaring heeft getekend. Mijn broer en ik weten het niet, daarom stuur ik ma's voormalige huisarts een mail.

Ze reageert per omgaande: 'Ik kan me geen gesprek herinneren met haar over euthanasie, hoewel het best zo kan zijn dat ze ooit, samen met je vader, een ondertekende verklaring van de Nederlandse Vereniging Voor Euthanasie bij mij heeft ingeleverd. Die zou dan in haar dossier zitten, en dat is naar het verpleeghuis verstuurd. Ik weet heel zeker dat ze het sinds de dood van je vader nooit over euthanasie heeft gehad. Vaak heb ik haar in onze gesprekken horen zeggen dat het leven voor haar niet meer zo hoefde, maar wanneer ik haar vroeg "Zou u dood willen?" stonden jullie altijd in de weg. Nooit is ze daarbij begonnen over euthanasie.'

STRIJKEN

'Je kan het beter zo doen,' zegt mijn vrouw. Ze neemt het strijkijzer van me over.

'Blijven die dingetjes kleven?' vraag ik.

Die dingetjes zijn etiketjes met de naam JOKE BORST erop. Alle kleren van ma moeten worden voorzien van haar naam. Er wordt in de woongroep gewassen en de kledingstukken moeten goed uit elkaar worden gehouden.

Ik heb nooit begrepen waarom mijn moeder me nooit heeft leren strijken. Genoeg vrienden, kennissen en collega's die het kunnen. Die mannen hadden geëmancipeerde moeders die het onzin vonden dat alleen vrouwen een strijkplank moesten opzetten. Vetgedrukt staat op hun voorhoofd te lezen hoe modern hun moeder wel niet was.

Maar het rare is, zo'n moeder heb, had, heb ik ook. Ma droeg in de jaren zeventig dan geen tuinbroek – gelukkig niet –, maar ze was dol op geëmancipeerde vrouwen als Hedy d'Ancona en Harriët Freezer. Waarom leerde ze me dan niet strijken?

Aan tafel, in de woongroep, besluit ik het ma te vragen. Visite van een andere patiënt en een verzorgster horen de vraag. Ma hoeft niet eens na te denken. Zo scherp als een door haar gestreken zakdoek merkt ze op: 'Nou, meld je dan maandag maar, dan zal ik het je even leren.' Deze zag niemand aankomen. Vier mensen schieten in de lach, onder wie ma en ik. Even moet ik nadenken over waarom maandag. Dan valt het kwartje. Natuurlijk, maandag wasdag.

Ik hoor die loodzware Miele (dat monster gaf pas na een kwarteeuw de geest) nog draaien en spoelen, ik zie mijn moeder als ik thuiskom van school in de weer met al het strijkgoed. Dat was het moment dat ze me had kunnen voordoen hoe je dat doet, strijken. Volgens mij wilde ze de schrille stemmen van Hedy d'Ancona en Harriët Freezer niet altijd horen. Ze liet me begaan, ik was een jongen, ik mocht lekker om 't hoekie voetballen.

JOKE BORST. Eén etiketje strijk ik in een hemdje van ma.
'Je doet er wel lang over,' zegt mijn vrouw. 'Ga maar weg.'

OPRUIMING

'Laat nou staan,' zegt mijn vrouw die mij ziet kijken naar twee blikken trommels. Ik slaak een zuchtje.

Mijn broer en schoonzus hebben ma's woning aan de Robert Kochplaats voor een paar weken betrokken omdat ze zelf midden in hun verhuizing naar de Achterhoek zitten.

Op de terugweg van een bezoek aan ma, die gekrenkt en ongelukkig in het Verpleeghuis achterblijft, komen mijn vrouw en ik langs om ma's spullen te sorteren, te verdelen, op te ruimen en weg te gooien.

Wie zijn ouder naar een verpleeghuis ziet vertrekken, stapt bij het betreden van het verlaten ouderlijk huis een tijdmachine binnen. Ik word geconfronteerd met spullen die me herinneren aan mijn blijde jeugd. Dat is niet handig voor iemand die toch al een gezonde boeddhistische inborst mist. Niet dat ik een overdreven materialist ben, ik hecht juist aan van die kleine, onbelangrijke dingetjes.

Weggooien is een akelige en loodzware opdracht voor iemand die zelfs gesteld is op waterkokers die zijn moeder ooit heeft vastgehouden, hondenriemen die de hond hebben overleefd en niet te vergeten de schitterende gepoetste schoenen van zijn vader die a) te klein zijn voor hem en b) orthopedisch verantwoorde ongelijke zolen hebben. Alleen als ik belachelijk word gemaakt door de andere opruimers lukt het me wat afstand te nemen. Maar een paar seconden later voel ik me al naar. Weggooien: het is alsof ik pa en ma verloochen, zo voelt het.

De heimwee naar mijn jeugd mag niet met me aan de haal gaan. Steeds zeg ik tegen mezelf dat niet alles kan worden bewaard. Dapper neem ik beenharde beslissingen. Mijn vaders stropdassen uit de jaren zeventig, mijn moeders brillen uit de jaren tachtig, ik kijk gewoon even weg op het moment dat over die spullen wordt beslist. De twee blikken trommels die naast me staan zijn c-keus. Broer en schoonzus willen ze niet, wij ook niet. Ma's kleinkinderen willen ze ook niet. De blikken hebben een geduldig en rustig leven als koektrommels gehad en dreigen nu te eindigen als rommelmarktspullen die de jongens van de scouting mogen komen ophalen.

Het ene blik is een vijftien centimeter hoog mosterdgeel rond sigarenblik van het merk Carl Upmann. Er hebben handgemaakte sigaren uit Brazilië in gezeten. 'Deksel na gebruik goed sluiten, om de sigaren tegen vocht te beschermen. Daarmede wordt bereikt dat aroma en de smaak steeds haar oorspronkelijke kwaliteit behouden.'

Ik weet nog goed. Het blik slaakte een zuchtje van verbazing als je het opende. Als ik pech had, maakte die stiekeme handeling herrie, hard genoeg om ma, die in de keuken druk was met het avondeten, te alarmeren. Als ik er een San Franciscokaakje uit haalde, had ik een hoestje paraat om daarmee het geluid van het ontsluiten te overstemmen.

Mijn moeder beschouwde het als diefstal op klaarlichte dag.

Ik pak het blik van Carl Upmann, druk het mosterdgele ding tegen mijn buik en probeer zo zachtjes mogelijk het deksel eraf te halen. Het maakt een flink geluid.

Betrapt. Ik zie mijn vrouw kijken. 'Dat ga je toch niet meenemen, hè?'

MOEDERDAG

In al mijn wijsheid had ik besloten geen cadeautje voor Moederdag te kopen. 'Ik doe niet mee aan die commerciële onzin,' zei ik op het beslissende moment. Mijn moeder had dat best kunnen relativeren. Ik droeg een gebroken geweertje op mijn spijkerjasje – nou, dan weet je het wel. Ik was een zoekende, rebellerende puber. Maar ma was in tranen, verdrietig en boos om zoveel botheid.

Mijn god, zulke dagen duurden vreselijk lang. Ik zag mijn vader, pragmaticus, denken: niet zo slim van je, jongen.

Ach, het was niet mijn beste tijd en ook zeker niet de hare. 'Ik ben in de overgang,' zei ze korte tijd later. Want alles werd altijd benoemd.

SEKSUELE VOORLICHTING

Ik hoefde niet naar school, ik had griep. Ma kwam mijn kamer binnen. 'Hier, lees dit maar eens.' Het bleek een kinderboek over seksuele voorlichting. Het was 1970, ik was acht jaar.

We waren met zijn vieren thuis. Vader (1928), moeder (1929), broer (1954) en ik (1962). Mij verwekken kostte veel moeite. De dokter vroeg ma rond 1960 of ze het wel in eh, 'alle posities' hadden geprobeerd. Nou, dat kon ma beamen hoor. Ze moest vast lachen, toen bij de dokter. Toen ze het mij veel later op een verjaardag vertelde, lachte ze tenminste. Een beetje ondeugend volgens mij, gêne was het zeker niet.

Ik kon niet nalaten om het even te benoemen: 'Echt ma, dus ik ben op zijn hondjes verwekt?'

Mijn ouders kregen verkering in de oorlog. Pa was vijftien jaar, ma veertien. Eén keer in de week moest mijn moeder 's avonds op de kinderen van een buurvrouw passen. 'Je vriendje komt zeker ook zo,' zei de buurvrouw dan tegen mijn moeder. 'Houden jullie mijn bed maar warm.' Mijn ouders hadden op hun achtste geen boekje over seksuele voorlichting gelezen, maar ze waren er in praktische zin vroeger bij dan ik.

Met dat boekje over seksuele voorlichting wist ik niet zo goed raad. Ik wist alles al van een oudere buurjongen. En ik had een jaar eerder doktertje gespeeld met mijn buurmeisje. Toch las ik het van kaft tot kaft. Wat in het boek voortplanting heette, noemde mijn buurjongen neuken.

Toen mijn moeder me een uurtje later een kop thee en een beschuitje kwam brengen, vroeg ze langs haar neus weg of ik vragen had. Ik schudde mijn hoofd.

'Je kunt me altijd wat vragen, hoor.'

Het zal een paar maanden later zijn geweest dat ik huiverde. 'Ma, mama, er ligt allemaal bloed in de wc.'

Ik denk dat de wc kuren had of dat ma het tijd vond voor les twee.

'Je weet toch wat ongesteld zijn is? Dat stond toch allemaal in het voorlichtingsboekje. Weet je nog?'

Het moet de eerste keer zijn geweest dat ik besefte dat de theorie enorm verschilt van de praktijk.

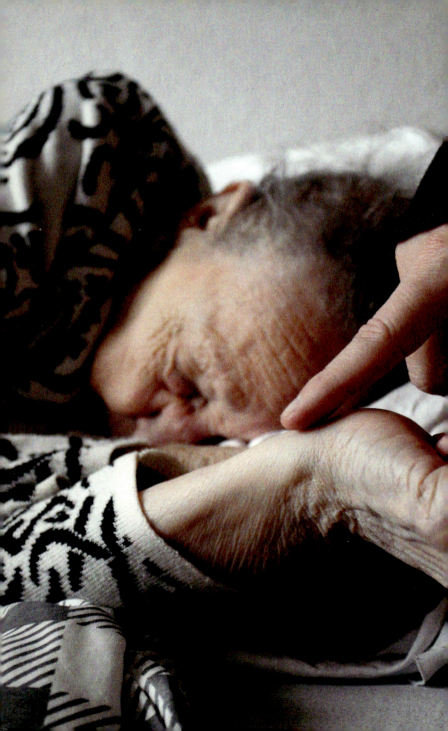

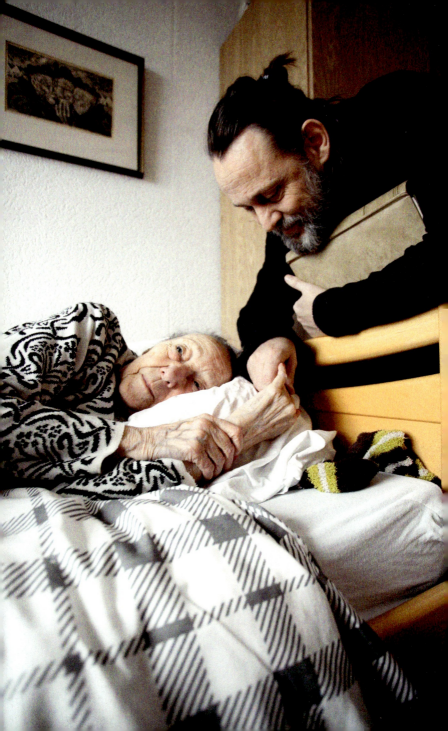

PROEFTIJD

Ik wilde mijn moeders kat dolgraag adopteren, maar dat werd mij niet gegund.

'Hij verhaart,' zei mijn zoon.

'Ik hou niet van katten,' zei mijn vrouw.

Maar omdat ik geen nieuw baasje kon vinden, nam ik Tijger op de dag na ma's ultieme verhuizing toch mee naar huis.

'Hij is zo lief. Zo is ma toch nog een beetje bij me,' zei ik.

'Hè bah, daar trap ik dus niet in,' zei mijn vrouw.

'Kun jij het dan over je hart verkrijgen dit magere scharminkel naar het asiel te brengen?' vroeg ik. 'Hij is tien jaar, schat. Dat wordt een spuitje.'

'Chantage,' zei ze. En: 'Lekker democratisch dit.'

'Nee, met die nieuwe rolgordijnen doe je mij een plezier,' zei ik – een zwaktebod, wist ik. Mijn vrouw schudde haar hoofd.

Zoonlief werd boos op me toen hij Tijger zag. Ik zal de scheldwoorden niet herhalen. Hij zei ook nog, over chantage gesproken: 'Dat beest leidt me af tijdens het studeren.'

Toch sleepte ik er een knap compromis uit. Tijger kreeg een proeftijd. 'Als jullie 'm over een maand nog niet leuk vinden dan gaat Tijger eruit.' Mijn zoon sprak trouwens over een ultimatum.

De eerste dagen sloop Tijger nieuwsgierig door ons huis van vier verdiepingen. In vierkante meters was hij erop vooruitgegaan. Hij mocht voorlopig niet naar buiten, want ik was bang dat hij zou weglopen, iets wat ma ooit met Muis overkwam, een grijze kat die na een verhuizing van Rotterdam naar Weesp ogenblikkelijk de benen nam. Muis kwam nooit meer terug. Decennia later viel die naam nog weleens. Mijn moeder was gehecht aan Muis, nog meer dan aan Tijger, denk ik.

In Tijgers proefperiode bleven deuren en ramen hermetisch gesloten. 'Bewijs je nou eerst hier binnen, jongen,' fluisterde ik de kat in het oor. 'Toe dan, verleid de zoon des huizes, mevrouw Borst pakken we zo in.'

Mijn vrouw was na een paar dagen inderdaad om. Ik wiegde Tijger als een baby in mijn armen, dat vindt ie heerlijk, en toen zei ze vertederd: 'We hebben er een zoon bij.'

Mijn zoon liep demonstratief te stofzuigen, verjoeg Tijger uit zijn leefgebied rond de eettafel en sloot de schuifdeuren. Onverstoorbaar bleef het beestje hem kopjes geven wanneer het de kans kreeg.

Na een week maakte hij mijn zoon aan het lachen. Tijger lag te genieten op de verwarmde, gladde keukenvloer. Duwend tegen zijn rug liet ik hem snel een paar keer om zijn as draaien. Net geen dierenmishandeling, maar het was alsof ie begreep dat hij al zijn charmes moest gebruiken en mij daarom liet begaan. Nou ja, behalve toen ik met mijn vingers langs zijn kop trippelde, toen sloeg hij een klauw in de rug van mijn hand en beet me, tot leedvermaak van mijn zoon.

Ma in het Verpleeghuis vroeg niet meer naar de kat, alsof-ie nooit had bestaan. Bij ons was Tijger afwezig en aaibaar, lui en levendig, onafhankelijk en aanhankelijk.

Na drie weken proeftijd zag ik mijn zoon in de voorkamer met zijn hoofd tegen de kop van Tijger. Ik hoorde hem zeggen: 'Je bent mijn vriend, Tijger.' Een week voor het ultimatum afliep, zei hij: 'Eh pa, ik heb een besluit genomen. Tijger mag blijven.'

WIJSVINGER

We zijn in haar kamertje. 'Laten we naar de gemeenschappelijke huiskamer gaan, ma.'

'Waarheen?'

Ik wijs naar de gang die uitkomt op een ruimte. Daar is een gezellige keuken met een eettafel en ernaast is een zitgedeelte.

'Daar eet je toch altijd?'

Alle negen bewoners van de vijfde verdieping mogen van die huiskamer gebruikmaken. Twee doen dat nooit. Mijn moeder soms.

In de gang, op weg naar de huiskamer, schrikt ma van een geluid.

'Dat is de wasmachine, ma. Die centrifugeert. Niks aan de hand.'

'Toch niet míjn wasgoed?'

'Ook dat van jou. We hebben je naam in al je kleding gestreken. Jouw wasgoed zit bij dat van de andere bewoners.'

'Andere bewoners?'

'Ja, van dit huis.'

Ze slaat weer eens een hand voor haar ogen. Als een geschrokken kind dat onder de dekens wegkruipt.

In de huiskamer neem ik quasi-gezellig plaats in een van de stoelen voor de tv. Ma blijft staan en kijkt om zich heen alsof ze hier nog nooit is geweest.

'Ga maar zitten, ma. Wil je koffie?'

Ze zegt resoluut: 'Ik ga zo met je mee, hoor.'
Ik weet niet wat ik moet zeggen.
Ze kijkt me indringend aan. Ik zeg: 'Dat kan niet ma. Ik ga zo naar huis. Ik moet nog werken.'
'Je kunt me toch thuis afzetten?'
'Ma, je woont nu hier.'
Op hoge toon zegt ze: 'Ik wil de dokter spreken.'
Op dat moment komt een van de verzorgsters binnen. Ma roept haar: 'Mevrouw! Mevrouw!'
De verzorgster loopt kalm op ma af. Mijn moeder kijkt om naar mij. Ik zie haar felle ogen. En dan doet ze wat ze al een jaar of veertig niet meer heeft gedaan. Haar priemende, liggende wijsvinger kromt, strekt zich, kromt en strekt zich weer. Hier komen jij! In blik en gebaar gebiedt ze haar jongste zoon om op te staan. En ik doe het. Ik weet wat ze nu gaat doen. Ze gaat tegen de verzorgster zeggen dat het nu welletjes is geweest en dat ze met mij meegaat, naar haar huis aan de Robert Kochplaats. Maar ma komt niet uit haar woorden. Ze stamelt. Ma pikt het niet, ze is furieus, maar ze kan niet zeggen waarom.

Ik wil haar over haar grijze dunne haren strijken, maar gezien haar onmacht en trots is dit niet het goede moment.

Ten slotte zegt ze tegen mij: 'Zeg jij het dan!'

Aan de verzorgster leg ik ongemakkelijk uit: 'Mijn moeder wil naar huis. Ik heb haar net gezegd dat dit al bijna een maand haar thuis is.'

De verzorgster geeft mijn moeder een arm. 'U woont hier, mevrouw Borst. Zal ik u uw kamer laten zien? Daar staan uw bed en uw spulletjes. Kom.'

Mijn moeder pakt haar arm.

Ik draai me om en loop snel weg.

HUISARTS (2)

In ma's medische dossier – dat de huisarts na ma's verhuizing aan de arts van het Verpleeghuis heeft overgedragen – is geen euthanasieverklaring aanwezig.

'Kennelijk speelde dat toch niet heel erg,' zegt mijn broer Laurens.

Ik vertel hem dat ik het jaren geleden met ma weleens over het onderwerp euthanasie heb gehad. Ze zei natuurlijk dat ze hoopte niet te lijden zoals haar zussen en broer.

Laurens knikt. Allebei hebben we haar regelmatig horen zeggen dat ze liever doodgaat dan hetzelfde te moeten doormaken, maar het heeft dus niet geleid tot het invullen van allerlei paperassen.

Mocht ma een hartstilstand krijgen dan wordt ze niet gereanimeerd. De dokter van het Verpleeghuis bracht het ter sprake, ze vroeg het bij het intakegesprek: of we wilden dat ma – in de wetenschap dat ze lijdt aan alzheimer – na een hartstilstand zou worden gereanimeerd. Mijn broer en ik willen dat niet.

PIET VAN CORRIE

'Ik noem het balken,' zegt Piet. Telkens als ik mijn moeder bezoek, kom ik Piet tegen in de gezamenlijke huiskamer. Zijn vrouw, Corrie, brengt een geluid voort dat ik eerder een klaagzang zou noemen. De weinige woorden die ze overheeft, krijgen een zangerige uithaal. Ze kan dat lang volhouden, alsof het mantra's zijn. Soms klaagt ze zacht, soms hard. Mijn moeder vraagt haar weleens of ze op wil houden, maar Corrie heeft geen aan- en uitknop.

Ma ligt te slapen op haar kamer. Ik maak haar niet wakker, ze is doodmoe, heeft een verzorgster net gezegd. Ik zit met Piet te kletsen, zijn dochter is bij Corrie op de kamer.

'Ja, het is een soort klagen,' zegt hij. Piet werkte van zijn vijftiende tot zijn tweeënzeventigste, de laatste dertig jaar als groenteboer. Aan de Crooswijkseweg had hij zijn eigen winkel. 'Mijn vrouw is ongelukkig. Gefrustreerd. Met dat geluid geeft ze daar uiting aan, denk ik. Ze neemt het mij kwalijk dat ze hier zit. Althans, zo voel ik het. Heel soms slaat ze naar me.'

Er is niemand die zijn geliefde zo trouw bezoekt als Piet. 'Ik doe het graag.' Het grote vergeten begon twaalf jaar geleden. Drie jaar geleden ging het thuis niet meer. Piet kon het mantelzorgen niet meer aan, zijn Corrie moest naar een verpleeghuis.

'Schuldgevoelens?' vraag ik.

Piet: 'Gehad, ja. Soms nog wel. Maar het kan niet anders.'

Vanuit haar kamer hoor ik Corrie een stevige klaagzang inzetten.

'Hielp ze vroeger in de groentewinkel?'

Piet schiet in de lach. 'Helpen? In de winkel? Heeft ze één keer gedaan. Dat was een catastrofe. Als ze de prijzen van een pond zuurkool en een kilo aardappelen moest optellen, had ze een rekenmachine nodig. Terwijl ze heel slim was. Ze had er geen zin in, joh. Corrie las liever. Ze heeft heel veel gelezen. Alle klassieken. Plato en zo. Ik heb er niks mee, maar boeken waren haar leven. Zulke stapels stampte ze erin. Filosofie. Ze leerde en leerde. "Ik wil weten," zei ze altijd. "Ik wil weten." Ze heeft twaalf jaar gestudeerd. Erasmus Universiteit, Volksuniversiteit. Op het laatst Egyptologie. Kennis is macht, vond ze.'

Een paar weken geleden waren Piet en Corrie zestig jaar getrouwd. De burgemeester van Capelle aan den IJssel wilde langskomen om het jubilerende echtpaar te feliciteren. 'Ik heb bedankt voor de eer,' zegt Piet. 'Niet in deze staat. We hebben het klein gehouden. Onze kinderen en de andere bewoners van deze afdeling. We hebben het hier aan tafel gevierd.'

Ik knik. Ik zat erbij. Ik was die dag op bezoek bij ma. Mij ontroerde het tafereel, ik denk omdat Piet er werk van had gemaakt. Iedereen van de afdeling kreeg iets lekkers bij de koffie of de thee en Piet sprak lieve woordjes tot zijn Corrie. 'We hebben wat te vieren hè, hier neem een hapje.'

En Corrie? Ze balkte niet.

Kort daarna kreeg ze longontsteking. Ze was bijna dood, maar zowaar, Corrie herrees.

Piet bekent eerlijk dat hij daar gemengde gevoelens bij had. 'Weet je wat het is, Hugo? Dit had mijn oude Corrie nooit gewild. Ze was net als jouw moeder een vrijgevochten vrouw. Ze genoot van het leven. Ze verdiepte zich, ze reisde naar Amerika en Rusland. Alles kon, alles mocht. Ze heeft zoveel geleerd en nu weet ze helemaal niks meer.'

Na een kort zwijgen staat hij op. 'Even bij Corrie kijken.'

Ik twijfel of ik ma wakker zal maken.

VOUWEN

Thuis vertelt mijn vrouw wat haar is overkomen in het Verpleeghuis. Zo is het ongeveer gegaan: ma zegt dat ze heel blij is dat ze haar schoondochter ziet. Ze kennen elkaar al dertig jaar. Ze lopen samen door de gang en mijn vrouw merkt dat ma gedesoriënteerd is en verkrampt loopt.

'Moet je plassen?'

Ma knikt. Omdat mijn moeder bang is voor de wc-ruimte op de gang, heeft ze een lichte aanmoediging nodig.

Ma zegt onzeker: 'Blijf je...'

Mijn vrouw antwoordt dat ze buiten zal wachten. We zeggen ma altijd dat we buiten wachten. Zolang ze blijk geeft zelf naar de wc te kunnen, gunnen we ma haar privacy. Als het best lang duurt, neemt mijn vrouw een kijkje.

Dat deed ik laatst ook. In haar blote billen stond ma in gedachten verzonken. In haar hand gevouwen wc-papier. Een soort surplace was het. Ma leek niet te weten wat ze nu verder moest doen. Ik zeg het eerlijk, ma's naaktheid beroerde me, maar haar wezenloosheid vond ik het schokkendst. Alsof ze gestold was in de tijd.

Ik vond die staat van zijn – gestold – best logisch, gewoon omdat ma niet meer wist wat ze moest doen, hoe ze verder moest, ze was een handeling die ze wel honderdduizend keer had verricht, verleerd. Ik dacht: ach, kon het maar, kón een mens maar stollen, stollen in plaats van doodgaan, want doodgaan is zo'n gedoe. In het licht van wat vandaag gebeurde, denk ik dat weer.

Mijn vrouw kijkt en ziet dat ma zich heeft bevuild. Pantoffels, kousen, broek, trui, alles zit onder de poep. Het kost me enige schroom dat woord op te schrijven, maar het is niet anders: in een verpleeghuis ruikt het soms naar poep en niet alleen op de wc.

Ma was te laat geweest. Toen ze haar bevuilde incontinentieluier – 'inco' zeggen haar verzorgers eufemistisch – uitdeed, ging het fout. Ma wilde dat oplossen met wc-papier.

Eh, nog wat. Ma is een vouwer. Ze groeide op in de crisisjaren. Ze heeft de oorlog meegemaakt. Uit zuinigheid heeft ze wc-papier altijd omgevouwen. Kennelijk is ze op het punt beland dat haar feilloze techniek haar in de steek laat. Wat ook kan: misschien is het in ma's hoofd 1936 of 1944 en in die jaren is alles schaars en daarom blijft ze vouwen. Ma's vingers, eh...

Verder in detail treden laat ik na, maar ik zou het eigenlijk wel moeten doen, want het is de realiteit. Dit is wat verzorg(st)ers in een verpleeghuis dagelijks doen. Billen wassen, poephanden schoonmaken, oude, zieke mensen verschonen die naar stront ruiken. Mijn bewondering is Euromasthoog. Ik weet zeker dat de verwarde bewoners van verpleeghuizen opgelucht, blij en/of dankbaar zijn als ze zijn verschoond.

Ma kan het gelukkig nog zeggen. Als ze weer fris gewassen in haar kamertje staat, zegt ze zachtjes tegen mijn vrouw en verzorgster Cynthia, die het vuile werk voor haar rekening nam: 'Dank je wel. Als ik jullie toch niet had.'

ANTIDEPRESSIVA

De arts van het Verpleeghuis zegt: 'Hoe staan jullie ertegenover als we je moeder antidepressiva voorschrijven? Ze is vaak angstig. Wij denken dat met medicatie haar angstgevoelens zullen afnemen. Het duurt wel drie weken voordat het aanslaat.'

'Doen,' zeg ik. 'Hoe eerder ze die medicijnen krijgt, hoe beter.'

DOORNROOSJE

'Hallo allemaal.' Ik hoor dat mijn begroeting overdreven klinkt, zoals vroeger de stem van Lily Petersen in het radioprogramma *Kleutertje luister*. De gemeenschappelijke ruimte ruikt stevig naar bloemkool. De vissticks liggen al klaar.

'Je moeder is op haar kamer,' zegt Piet, de man van ma's medebewoonster Corrie. 'Ik heb haar net een mandarijntje gebracht, maar ze lag te slapen.'

Het lijkt wel of er in het Verpleeghuis een tseetseevlieg woont en dat de West-Afrikaanse parasiet het op mijn moeder heeft gemunt. Maar het is geen slaapziekte, ma is gewoon doodmoe. Je zou het ook levensmoe kunnen noemen, niet geestelijk maar fysiek.

Eén verzorgster noemt mijn moeder schattig 'Doornroosje' en een vriendin van ons noemt ma 'De Schone Slaapster'.

Soms vraag ik me af of een bezoek aan mijn moeder wel zin heeft. Ma slaapt meestal of wil gaan slapen als ik er ben. En als ze wel wakker is: zodra ik in de lift sta, op weg naar beneden, is ze me alweer vergeten.

Wat heeft ze aan mijn bezoekjes? Ik weet dat ik dat niet moet denken. Het moment telt – klaar, punt, uit. Maar als mijn gemoed somber is, denk ik het wel. En laat ik niet hypocriet doen: een enkele keer blijf ik ook thuis.

Voordat ma in het Verpleeghuis zat, liet ik nooit verstek gaan. Zodra ma belde, stond ik paraat. Ook al was het gevaar dat mijn moeder zag irreëel, ik stapte in de auto. Troosten, geruststellen en afleiden.

Ik denk dat ik de laatste tijd weleens spijbel omdat ik weet dat ma nu veilig is. Mede dankzij antidepressiva begint ze haar draai te vinden in het Verpleeghuis. Ik probeer mijn knagend geweten te schonen (ach, ze slaapt toch), maar zelden met succes. Zelfhaat ligt op de loer.

Daar ligt ma. Heerlijk op haar zij.

Meestal laat ik haar liggen. Nu niet. Omdat ze zo moet eten, maak ik haar wakker. Vanmiddag doe ik net of ze Doornroosje is. Ik ben een prins en geef een kus op haar wang. 'Moedertje,' fluister ik. 'Moedertje, wakker worden.'

Als ma haar ogen opslaat, weet ze meteen wie ik ben. 'O, wat een verrassing,' fluistert ze.

En verdwenen is mijn somberte. Alleen deze vrolijke reactie is een bezoek al waard. Ik blijf een beetje boven haar hangen en zeg zachtjes dat het eten bijna klaar is.

Ma blijft nog liggen, zegt: 'Even wakker worden.'

Ik vraag of ze trek in vissticks heeft en zeg dat het op straat flink waait.

Ze komt overeind. Ik ga naast haar zitten, op de bedrand. 'Je hebt een mandarijntje van Piet gehad, zie je dat?' Ik wijs.

'O,' zegt ze. 'Van wie?'

Ik probeer uit te leggen wie Piet is en wie Corrie.

GEHOOR

Ma heeft altijd goed kunnen luisteren. Soms moest ik haar iets vertellen wat zo zwaar woog dat ik onder de last dreigde te bezwijken.

Mijn zoon, nog geen vier jaar oud, werd gediagnosticeerd met PDD-NOS. De eersten aan wie mijn vrouw en ik vertelden dat hij een vorm van autisme had, waren mijn ouders. Zodra ik mijn moeder zag, moest ik huilen. Ik weet nog waar ik stond: naast de fotowand. Ik was midden dertig en mijn moeder luisterde, en toen ik brak, sloeg ze haar armen om me heen. Ik voelde mij weer een kleine jongen. Als er wereldkampioenschappen troosten bestonden dan zou mijn moeder op het ereschavot staan. Toen ik haar losliet, had ze het ergste verdriet geabsorbeerd als een schoon keukendoekje het water uit een omgevallen glas.

NUCHTER

Of het erger was dan stelen wist ik niet. Ik begreep sowieso niet goed waarom ik me zo ontzettend rot voelde. Er lag een steen op mijn maag en die moest ik kwijt, maar telkens als ik ma wilde aanspreken, durfde ik niet. Ik was zeven jaar oud en liep er al weken mee.

Wat ik had misdaan, had ik leuk gevonden. Het was daarom ook vaker gebeurd. Ik was de tel kwijtgeraakt.

Het buurmeisje was ermee begonnen. Zij was ook degene die ermee gestopt was. Tot mijn spijt – en dat verwarde me nog meer.

Op het feestje ter ere van mijn zevende verjaardag speelden we verstoppertje en mijn buurmeisje en ik hadden ons in de grote kast naast mijn slaapkamer verstopt. Terwijl de buurjongen met de hazenlip aan het zoeken sloeg, gaf het buurmeisje mij een kus op mijn mond. En toen nog een. Ze drukte haar mond zo lang op de mijne dat ik ademnood kreeg. Ze fluisterde half giechelend dat ik gewoon moest doorgaan met ademhalen wanneer ze me zoende.

Vanaf die dag speelden we vaker verstoppertje, maar dan zonder dat de buurjongen met de hazenlip ons zocht. We zorgden juist ervoor dat helemaal niemand naar ons op zoek was. We belandden in kasten en in bosjes of we sloten ons op in wc's. Zij knoopte mijn broek los en wreef over mijn piemel. Daarna zei ze dat ik onder haar jurkje mocht.

Op een middag, toen ze zeker wist dat haar moeder een tijdje zou wegblijven, gingen we op haar bed liggen. We trokken onze kleren uit. Ik had mijn buurmeisje verteld wat de oudere buurjongen allemaal had verteld en toen had zij gezegd dat ze dat heus wel wist.

We besloten te kijken of het wel echt paste. Het ging niet zo gemakkelijk en het deed bij ons allebei een beetje pijn. Toch was het spannend. Het was heel nauw, maar toen paste het. We bleven stilliggen, we wisten niet goed wat nu te doen.

Daarna zei ze dat ik van haar af moest. Er volgden meer van dit soort middagjes, maar ineens wilde het buurmeisje niet meer. Ze keek me ook niet meer aan.

Ma had die verwijdering opgemerkt. 'Waarom spelen jullie niet meer met elkaar?'

Ik zei dat ik toch echt liever ging voetballen dan met een meisje spelen.

'Dat is ook niet aardig,' zei ze.

Het ging knagen. Wat het buurmeisje en ik hadden gedaan, dat soort dingen hoorde je niet te doen. De steen op mijn maag voelde op een dag als zo'n hunebed in Drenthe. Ik moest het opbiechten van mezelf. Maar ik geloofde niet dat ik het mijn moeder durfde te vertellen.

'Wat loop je toch te drentelen,' zei ma.

Ik begon te huilen.

'Kom eens hier.'

En toen vertelde ik wat het buurmeisje en ik allemaal hadden uitgespookt. Mijn moeder schoot in de lach. 'Joh, dat doen toch alle kinderen. "Doktertje spelen" heet dat. Je ontdekt elkaar. Dat is heel onschuldig. Dat heb ik ook gedaan toen ik klein was. Het is helemaal niet erg als jullie het allebei leuk vonden. Dacht je dat ik dat erg zou vinden? Welnee.

Nou, ga lekker voetballen. Hup.'

Wat mij geruststelde was het woord 'onschuldig'. Ma's laconieke reactie deed de rest.

TAFELDEKKEN

Aan de gemeenschappelijke eettafel in de woongroep van mijn moeder doezelen drie dames en een heer. Ma ligt weer op haar kamer te slapen. Ze is net naar bed gebracht, vertelt verzorgster Martha. Ik besluit een kwartiertje te wachten voordat ik naar haar toega.

Ik raak aan de praat met Martha en haar collega Margo. Ze hebben een aangename kalme uitstraling. Margot zegt geen woord te veel, ook niet als je haar iets vraagt. Martha, een robuuste Surinaamse, is heel open.

'Ik schaam me weleens...' biecht ik op.

'Waarom?' vraagt Martha.

'Omdat ik het niet kan, mijn moeder naar de wc brengen.'

Martha: 'Dat geeft niks.'

Margo: 'Dat hebben de meeste kinderen met hun ouders.'

Martha: 'Ik had dat met mijn vader ook hoor. Die moest ik op een gegeven moment verzorgen, ja, en dan dacht ik toch: het is mijn vader.'

'Vinden jullie het niet stinken?'

Martha: 'Ik ruik het niet. Echt niet. Toch Margo?'

Margo schudt haar hoofd. 'Nee hoor.'

Martha: 'Het is hetzelfde als eh...' Ze zoekt naar een voorbeeld.

Ik zeg: 'Een tafel dekken of zo?'

Martha: 'Ja, zoiets.'

ZORGPLAN

Willekeurig lees ik een zin: 'Mevrouw heeft woordvindproblemen en kan zich hierdoor vaak niet goed uiten. Mevrouw is zich hier deels van bewust en soms verdrietig over dit onvermogen.'

Vandaag worden met broer Laurens en mij ma's fysieke en geestelijke staat plus een vers opgesteld zorgplan besproken. We zitten tegenover de teamleidster van de afdeling, de arts van het Verpleeghuis en een verzorgster. Ma zit nu drie maanden – in volledige verzorging – in het Verpleeghuis.

Het is een opluchting dat ma's boosheid over haar 'verbanning' is verdwenen. Ze voelt zich ietsje meer op haar gemak, al is ze vaak onzeker. Een meevaller is dat na drie weken de antidepressiva zijn aangeslagen en diepgewortelde angsten sterk hebben verminderd. Door desoriëntatie, afasie en agnosie kan ma nog weleens schrikachtig en angstig zijn.

In ruim een uur lopen we veertien A4'tjes rapportage door.

'Mevrouw verkeert in de Verdwaalde-ik-fase van dementie. Er zijn uitgebreide geheugen- en oriëntatiestoornissen.'

De arts legt uit: 'Uw moeder beseft dat ze ziek is, al ontbreekt het diepere inzicht. Die tussenfase is heel moeilijk voor de patiënt. Omdat er nog genoeg besef is.'

We lezen: 'Mevrouw trekt zich veel terug op haar eigen kamer en maakt een sombere en ontredderde (verdwaalde) en angstige indruk, maar ze laat zich de laatste tijd redelijk makkelijk overhalen in de huiskamer te komen koffiedrinken en eten. Mevrouw lijkt het dan redelijk naar de zin te hebben.'

Er staat ook: 'Mevrouw is gepreoccupeerd met naar huis gaan en de dood. Mevrouw uit soms nog doodwensen, maar dit wordt minder.'

'Herkenbaar,' zeg ik.

De verzorgster zegt: 'Ze lijkt echt wel te wennen aan haar nieuwe omgeving.'

Ik vind het pittig om dit allemaal te lezen en te horen, al ben ik net als Laurens niet verrast.

Ma vertoont façadegedrag. De dokter: 'Ze stelt veel vragen. Over haar huis en over jullie. Ze doet dat zowel op haar kamer als op de woongroep. Uw moeder wordt trouwens aangemoedigd om vaker naar de woongroep te komen. We zetten haar kamerdeur bewust open. Het is best ingewikkeld want in de groep zijn ineens ook weer veel prikkels.'

Vaststaat dat er nog amper wat beklijft. Zowel ma's kortetermijn- als langetermijngeheugen is aangetast. Haar aandachtspanne is kort.

Ma houdt van uitslapen, gaat na de lunch meestal even liggen en gaat naar bed wanneer ze wil.

Ik lees: 'Mevrouw gebruikt twee hoofdkussens.' 'In de DDR konden ze hier nog een puntje aan zuigen, broer.'

We nemen het zorgplan verder door. Zelf neemt ma niet het initiatief om deel te nemen aan activiteiten, ze moet echt worden overgehaald. Ma houdt van muziek en zingen.

Gehoor en zicht zijn goed. Ze is nog goed ter been en, als ze er niet te moe voor is, wandelt ze graag een stukje, met rollator. Daarvoor wordt ze ook uitgenodigd.

Douchen hoeft niet als ma niet wil, maar in de praktijk wil ze bijna altijd graag. Ze houdt zich dan met een hand aan een beugel vast. Er is altijd iemand bij. Ma krijgt hulp bij het uitzoeken en aantrekken van kleren. Gezeten op de rand van het bed kleedt ze zich, ook met hulp, aan. Soms moet worden gezegd dat ze haar tanden moet poetsen. Ze doet dat zelf. Haar haar kammen doet ze ook zelf.

Ik sla wat heel intieme details over.

Ma moet overdag en 's nachts de weg gewezen worden naar de wc. Ze is continent.

Ma eet slecht. 'Mevrouw eet hier structureel te weinig.' We knikken. 'Ze krijgt een bouwsteentje,' zegt de dokter. Dat is een gebakje met vitaminen. 'Maar ze vindt het niet lekker,' zegt de verzorgster. 'Veel te zoet.'

Aan het eind van het rapport staat vetgedrukt 'risicosignalering', met daaronder een aantal mogelijke gevaren. Alleen bij het woord 'ondervoeding' staat het vakje 'ja' aangevinkt.

Mijn broer zet een handtekening om aan te geven dat het zorgplan doorgenomen en akkoord is.

We gaan samen nog even langs bij ma.

GELACHEN

'Hoe gaat het met mijn moedertje, Sandra?' vraag ik aan een van ma's verzorgsters.

Ma zit naast me aan tafel in de gemeenschappelijke huiskamer. Ik heb mijn arm om haar heen geslagen. Dat vindt ze lekker. Ik ook.

'Goed hoor,' zegt Sandra. 'Gisteren hebben we gelachen hè, mevrouw Borst.'

Mijn moeder kijkt haar verwachtingsvol aan.

Sandra vertelt dat ma zichzelf had aangekleed. Ze had een kleurige blouse aan. Daaroverheen droeg mijn moeder haar bh, alsof dat de nieuwste mode was.

Ma luistert naar Sandra en slaat bij de clou haar hand voor haar mond. Ze kan de absurde situatie niet geloven en lacht smakelijk.

Bijzonder, denk ik. Stel dat ma zoiets vroeger zou zijn overkomen, dan had ze zich geschaamd. Mijn moeder vond: doe maar gewoon, dan doe je al gek genoeg. Als mijn vader op een verjaardagsfeest na zijn derde rum-cola gek deed of iemand liep te stangen, dan kwam er altijd een moment dat ma zei: 'Nou, Henk, zo is het wel genoeg.' Of, als in haar ogen echt een grens werd overschreden: 'Ophouden!'

Daarom schiet ik in de lach bij het onvoorstelbare beeld van mijn moeder die haar bh over haar blouse heen draagt.

Sandra zegt: 'Ik zei: "We zeggen het maar niet tegen Hugo,

anders schrijft hij er in de krant over." Weet u nog?'

Ma knikt nadrukkelijk.

Toch weer ma's oude adagium: doe maar gewoon, dan doe je al gek genoeg.

Ik zeg: 'Zo, moedertje! Heb je geheimen voor me?'

Op weg naar huis denk ik na over het voorval. Ik wil het graag beschrijven. Een bh over haar blouse heen: ik beschouw het als sympathieke symboliek voor mijn moeders ziekte. Het is eerder komisch dan tragisch.

Of zie ik iets over het hoofd? Mag ik hier wel om lachen? Begin ik te veel te wennen aan ma's achteruitgang?

Vroeger zou ma zoiets raars nooit zijn overkomen. Och, ze was zó netjes, correct, precies. Altijd onberispelijk gekleed, binnen- en buitenshuis. Die bh over haar blouse contrasteert met wie ze was, maar ik kan het echt niet anders zien dan een decent, geestig voorbeeld van wat alzheimer allemaal vermag.

Waar ik wel grote moeite mee heb: als ma heeft geknoeid en er de rest van de dag etensresten op haar kleren zitten. Gelukkig doet ze dat niet veel, ze eet nog altijd keurig netjes.

Drie dagen later krijg ik een verhaal te horen over mijn moeder dat me met stomheid slaat. Of ik dat ga opschrijven, weet ik nog niet.

GEWETENSVRAAG

Deze vraag ontving ik van mevrouw H.M. Kuijntjes-Hoekstra. Ze leest de stukjes die ik in de krant over mijn moeder schrijf.

'Geachte heer Borst,
 Vat deze brief niet op als kritiek, maar ik ben buitengewoon nieuwsgierig hoe uw moeder het gevonden zou hebben als ze zou weten dat u wekelijks schrijft over hoe het met haar gaat in het Verpleeghuis. Ikzelf zou het heel erg hebben gevonden.'

Het is een goede en terechte gewetensvraag, en voor het antwoord heb ik meer dan één zin nodig.
 U moet weten dat ik vaker over mijn naasten schrijf. Als ik twijfel of ze er blij mee zijn, vraag ik toestemming. Zelden heb ik een veto gekregen.
 Bij ma ging het iets anders. Na de dood van mijn vader heb ik het met haar gehad over de mogelijkheid dat ze net als haar vier zussen en haar broer dement zou worden. Over haar zussen Leny en Jos heb ik geregeld in de krant geschreven. Mijn moeder speelde een rol in de stukjes en las die ook. Ik heb ma gezegd dat ik ooit ook over haar zou gaan schrijven. Ze gaf me haar goedkeuring. Ze heeft weleens gezegd dat ze hoopte dat ik niet genadeloos voor haar zou zijn.
 Schrijven met genade. Dat is de norm.

Vorige week hoorde ik iets over mijn moeder wat me erg heeft getroffen. Moet ik het wel delen met u? Ik ben eruit. Ik schrijf het op. Het werd mij verteld door een familielid van een medebewoonster van ma in het Verpleeghuis.

'Je moeder liep na de maaltijd rond de eettafel, in gedachten verzonken. Ze keek naar een pan. Er had spinazie in gezeten, hij was bijna leeg. Ze drentelde even, pakte de opscheplepel uit de pan, zette die aan haar oor en zei: "Hal-lo... hallo." Alsof het een telefoon was.'

Er gebeurden twee dingen met me toen ik dit hoorde. Ik schoot in de lach en daarna dacht ik: ach, moedertje toch.

Het familielid van de medebewoonster was nog niet klaar: 'En toen je moeder die opscheplepel had teruggezet in de pan, kwam ze naar me toe. Ze zei: "Ik geloof dat ik gek word, ik geloof dat ik gek word."'

Na mijn lach en mijn bezorgdheid voelde ik nu een diepzwart medelijden. Ma had dus ineens beseft hoe ze eraan toe was, ze wist dat wat ze had gedaan heel gek was.

Ik schreef al over een toiletbezoek van ma dat niet goed afliep. Dat deed ik omdat dat soort ongelukjes in elk verpleeghuis aan de orde van de dag is. Het zou hypocriet zijn om in dit boek het woord 'poep' niet te laten vallen. Het was tevens een ideaal moment om te kunnen benadrukken dat verzorgsters (v/m) helden zijn.

Ik schreef ook dat mijn moeder haar bh over haar blouse had aangetrokken in plaats van eronder. Die vrolijke component deelde ik zonder gewetensnood met u. U moet weten dat het er in een verpleeghuis ook reuzevrolijk aan toe kan gaan. Op bezoek bij mijn moeder schiet ik in de gemeenschappelijke woonkamer geregeld in de lach, en dat overkomt iedere bezoeker. Mensen met dementie zeggen of doen ontroerende dingen. De lach is een reflex. Ik heb nog niet meegemaakt dat een patiënt wordt uitgelachen.

Waarom ik alles opschrijf wat ik zie, mevrouw Kuijntjes-Hoekstra? Ik maak haar niet belachelijk, ik lach haar niet uit, ik val haar niet af door de uitwassen van de genadeloze rotziekte die haar is overkomen tot in detail te beschrijven. Integendeel. Door over haar te schrijven, bestaat ma nog: ze is niet afgeschreven, ook al is zij een afgeleide van de moeder van wie ik heel mijn leven hou. Ik heb het gevoel dat ik haar met deze stukjes trouw blijf.

VLEUGEL

Als de liftdeuren opengaan, zie ik mijn moeder in de hal zitten, naast twee andere bewoonsters. Ik zeg: 'Hé. Wat doe jij nou hier?'

Om ma te zien moet ik na de lift altijd eerst een lange gang door. Vanwaar dit ontvangstcomité?

Ma lacht. Opgewekt strekt ze haar armen naar me uit. Als ik haar met een kus heb begroet, vraag ik nog eens waarom ze hier zit. Ze probeert wat te zeggen maar ik kan er geen chocola van maken.

Er komen nog zeven bewoonsters aan. Samen met Netty, de activiteitenbegeleidster. 'We gaan zingen,' zegt Netty.

'Mag ik meedoen?' vraag ik. Dat mag. Netty geeft ook mij een stapel A4'tjes die bijeengehouden wordt met een nietje. Ik lees: *Rond de Vleugel. Deel 5.*

Nadat Netty aardige dingen heeft gezegd tegen de dames en een heerschap, neemt ze plaats achter de piano. Het ding staat pal naast de lift, maar is me nooit opgevallen.

Ik blader door *Rond de Vleugel* en heb er meteen zin in. Wat te denken van 'Naar de speeltuin', 'De kat van ome Willem' en 'Droomland'? En ik vind zelfs een van mijn lievelingsliedjes: 'Ik zou weleens willen weten' van Jules de Corte.

We beginnen helaas met 'In 't groene dal', een tuttig, godvruchtig liedje dat mijn moeder flauw meezingt. Ik beschouw dat als een statement. Ma had smaak, was modern, geëngageerd.

Ik was een jaar of veertien. Met mijn moeder luisterde ik soms naar Robert Long. De dubbelaar van Boudewijn de Groot draaiden we grijs. 'Strand', 'Noordzee', 'Eva', 'Meester Prikkebeen'. Ik draai Boudewijn de Groot nog geregeld en denk met weemoed aan die doordeweekse middagen na school samen met ma. We dronken thee uit de Engelse kopjes die ik haar voor haar verjaardag had gegeven. O ja, *Het beste van Ramses Shaffy*, die ging ook regelmatig op de platenspeler.

De ideale meezinger vandaag blijkt 'Alles in de wind, alles in de wind'. De bewoonsters van het Verpleeghuis kennen het allemaal. Alleen het heerschap doet niet mee, hij is in slaap gevallen.

Ma's deelname is bescheiden. Ze heeft weinig volume. Ze neuriet vooral. Tijdens het zingen kijk ik om me heen. De ogen van de bewoonsters staan helder. Zingen is fijn. Ik vind het ook fijn.

Kom hier, Rosa, je bent mijn zusje, je bent mijn zusje. Kom hier Rosa, je bent mijn zusje, ja, ja.

Netty vraagt de bewoonsters of ze zussen hadden. Als activiteitenbegeleidster weet ze dat precies. De lijst die mijn broer en ik invulden over ma's leven, biedt Netty aanknopingspunten voor gesprekjes.

'En u, mevrouw Borst. Had u zussen?'

Ma knikt. 'Jaha. Jos...' Ze denkt na. 'En Leny... En een broer... Piet.'

Hmm. Drie van de zes. Ma noemt niet: Gré, An en Mien.

'Zullen we "De kat van ome Willem" doen?' vraag ik.

'Die is moeilijk,' zegt Netty.

Ik denk: nee, 'In 't groene dal' was lekker makkelijk. Maar ik heb geluk. We gaan het mooie, mysterieuze liedje van Jules de Corte doen.

Waarom de bergen zo hoog zijn, de zeeën zo diep, de wolken zo snel en de mensen zo moe? Mijn moeder kon daar vroeger geen eensluidend antwoord op geven, maar ik voelde me veilig bij haar, we zongen en neurieden het liedje samen, net als nu.

KNUFFELS

Mevrouw Dullaart is een van ma's medebewoners. Helemaal in het begin noemde ze me hardnekkig 'mevrouw', ondanks mijn baard. Dat heeft ze lang volgehouden.

'Mevrouw Dullaart, ik ben toch een meneer? Ik heb een baard!' Bij die opmerking draaide ze haar ogen niet weg, maar haar hele hoofd. Gepikeerd zei ze: 'Ik zeg niks meer.'

Op een dag pakte ik haar hand en hield die tegen mijn baard. 'Ik ben toch een man, mallerd.' En toen schoot ze in de lach. Nou, ik smolt.

Vanaf dat moment begon mevrouw Dullaart tegen me te zeggen: 'Breng me effe naar de wc, ik mot plasse.'

In het begin legde ik uit dat ik hier niet werkte, dat ik bij mijn moeder op visite was. Dan draaide ze haar hoofd weg: 'Ik zeg niks meer.'

Na weer een beleefde afwijzing zei ze: 'Nou, dan pis ik toch in me broek.'

Ik heb geleerd dat je in het Verpleeghuis mag jokken. Inmiddels zeg ik: 'Ja, mevrouw Dullaart, ik breng u zo dadelijk naar de wc.' En dan zegt ze: 'Ik hou van u.' Vervolgens vergeet ze wat ik haar heb beloofd.

Ze kan nog steeds scherp uit de hoek komen, maar mevrouw Dullaarts woordenschat is volgens haar verzorgers het laatste jaar flink geslonken. Van haar leven weet ik amper iets. Van de andere zeven medebewoners van mijn moeder ken ik de naasten, maar bij mevrouw Dullaart heb ik nooit iemand op bezoek gezien. Ze heeft geen kinderen, wel een zus, maar die ben ik nog niet tegengekomen.

'Ik hou van u.' Ze zegt het wel vijftig keer op een dag. Tegen iedereen die haar een hand geeft, of zomaar: 'Ik hou van u.'

'Ik hou ook van u, mevrouw Dullaart.' Ik loop naar haar toe en geef haar een kus op haar wang. Ik kijk naar ma. De manier waarop zij naar mij kijkt, zegt me dat ze het snapt: ach, die mevrouw in die rolstoel heeft ook een knuffel nodig.

Mevrouw Dullaart heeft lang voor haar moeder gezorgd, hoor ik in het Verpleeghuis. Dat is alles wat ik weet. Wie er nu voor mevrouw Dullaart zorgt? Angelique, Cynthia, Gerco, Martha, Margo, Sandra, Wendy, Marieke, Marina, Joyce, Hanneke en Renate. Mevrouw Dullaart houdt van ze allemaal en allemaal houden we van mevrouw Dullaart.

SCHOK

'Je moeder slaapt,' zegt verzorgster Martha. 'En ze heeft een slecht humeur. Gisteren ook al, toen had ze een ongelukje, ik moest haar helemaal verschonen.'

Er wordt in het Verpleeghuis niet om zaken heen gedraaid. De openheid van de verzorgsters wekt vertrouwen.

Wie alleen afgaat op berichtgeving in de media krijgt een onvolkomen beeld van verpleeghuizen. Dit wil ik graag eens opgeschreven hebben: ik bezoek ma sinds haar opname nu een halfjaar en ik stel vast dat er ont-zet-tend veel goed gaat.

Ik doe ma's kamerdeur open, ze ligt met haar rug naar me toe. Zachtjes – ik wil haar niet laten schrikken – zeg ik: 'Een hele goede middag, Johanna. Hier is je jongste zoon.'

Ze draait zich om, haar ogen zoeken, ze zegt fluweelzacht: 'Ik dacht dat het Henk was.'

Ik geef haar een kus.

Henk was haar man, mijn vader. Wás. Pa is al bijna acht jaar dood.

Ik schuif haar rollator aan het bed en ga erop zitten.

Ze zegt een beetje haperend: 'Ik heb 'm al zo lang niet gezien. Hij komt nooit meer langs.'

'Ma, dat kan toch helemaal niet. Pa is dood. Henk is dood. Dat weet je toch?'

Het is eruit voordat ik er erg in heb. Had ik dat wel zo moeten zeggen? Hierover wil ik niet jokken. Ma is nog te goed. Toch?

Het is de eerste keer dat ze in de veronderstelling is dat haar echtgenoot nog leeft. Ik heb haar laten schrikken, ik zie het aan haar gezicht. Dit – Henk dood – is een schok voor ma.

Ze is overeind gekomen. Ik aai over haar wang. 'Wist je het niet meer?'

'Nee joh,' fluistert ze. Ze kijkt ontzet en legt een hand op haar voorhoofd.

Ik vertel ma over de operatie aan zijn buik, die goed verliep. Maar dat zijn hart te zwak bleek voor zo'n ingreep. Na vierentwintig uur kreeg pa een hartstilstand, hij belandde in coma. Door zuurstofgebrek waren zijn vitale organen zo beschadigd dat hij na zes dagen stierf.

'Weet je het nog, ma? Het was in het Sint Franciscus-ziekenhuis.'

Nauwelijks zichtbaar schudt ze haar hoofd. Ze kan zich er niets van herinneren.

Ik zeg: 'Je vergeet veel, hè. Wat heb je toch een rotziekte, ma.'

Ze knikt.

Ik laat het zware gesprek kantelen. 'Wat was nou het allerallerleukste met Henk?'

Na een paar seconden zegt ze: 'Alles.'

We zwijgen.

'Kom,' zeg ik dan, 'we gaan naar de woonkamer, een kop koffie drinken.'

Ma kijkt me een beetje angstig aan. Ze snapt het niet. Ze bevindt zich nog in een andere dimensie, een dimensie waar voor mij geen stoel staat.

'Kom maar,' zeg ik. 'Kom eens. Geef eens een hand.'

GEHALVEERD

Ma slaapt diep. Geluidloos haalt ze adem. De stilte is een vacuüm. Ik heb besloten te wachten tot ze wakker wordt.

Op de vensterbank staat het portret van mijn vader. Ik denk terug aan het verhaal over hun eerste ontmoeting in 1944. Ma heeft me er vaak over verteld. Een flirt in de tram. Een paar weken later vinden ze elkaar terug bij een telefooncel in de Paradijslaan in Rotterdam-Crooswijk, de buurt waar ze allebei woonden. Als ma – ze heeft met haar zus Gré gebeld – de telefooncel verlaat, wisselen mijn toekomstige ouders hun eerste woorden uit. Ma is veertien, pa vijftien.

In de Hongerwinter loopt pa met Betsie, een Rotterdamse kennis, naar de Achterhoek. Daar is wel eten. Maar bij de IJssel aangekomen, laat hij zijn reisgenoot het pontje bij Dieren overgaan. Als zij veilig is, keert hij om. Hij gaat helemaal terug naar Rotterdam om mijn moeder op te halen. Hij zal toestemming moeten vragen aan haar vader. Vier dagen later in Rotterdam verklaart zij hem voor gek. Haar strenge vader, die zal hem van de trap smijten. Pa verzamelt al zijn moed, belt aan en vraagt haar vader of zijn dochter mee mag naar Aalten. Hier in Rotterdam heeft ze niks te eten. Bijkomend voordeel – ik hoor het mijn ouweheer al zeggen: dan kan de rest van de familie Huijsdens ma's distributiebonnen gebruiken.

De strenge man vraagt of zijn ouders ervan weten. Pa jokt van ja.

En zo vertrekken ze naar Aalten. Dat is minstens vijf dagen lopen. Stel je eens voor. Daar gaan ze: hij zestien, zij vijftien. Ze zullen maanden in de Achterhoek blijven, tot na de bevrijding van Nederland.

Die liefde is nooit meer overgegaan. Ze zijn vijfenzestig jaar samen geweest. Ik herinner me ma's allerlaatste kus op zijn lauwe voorhoofd. Pa is dood.

'Dag lieverd,' zegt ze. Een paar uur later, als ik haar naar bed breng, zegt mijn moeder dat ze zich gehalveerd voelt. Vertwijfeld, op de grens van wanhoop of misschien er wel ver overheen zegt ze: 'Wat moet ik toch zonder die man?'

Dat is ze blijven zeggen. Ze doet het nu al bijna zeven jaar zonder hem. Omdat haar geheugen hapert, vraag ik me af of je nog wel van 'gehalveerd' kunt spreken. Hoeveel procent is er op vijfentachtigjarige leeftijd nog van de originele ma over?

NET ALS HENK

Ik loop mank. Ik ben benieuwd of ma dat opmerkt. Twee bewoonsters van haar woongroep zien het meteen. Eentje zegt: 'Wat is dat?'

'Gevoetbald,' zeg ik. 'Mijn knie is helemaal dik.'

Ma heeft nooit om voetbal gegeven. Ze is één keer komen kijken bij de amateurclub waar ik speelde. Ik was een junior, een jaar of dertien, we speelden tegen de kakkers van VOC. Vlak voor het einde met de stand van 0-0 op het bord kregen we een strafschop mee. Ik was de vaste penaltynemer. Dat had ik de jaren ervoor afgedwongen. Ze waren bij de D-tjes altijd raak geweest.

Ik keek naar de zijkant. Daar stond mijn vader, net als elke wedstrijd. Naast hem stonden die dag mijn moeder, mijn broer en de vriendin van mijn broer, Maaike, een ongehoorde Indische spetter met ragfijne sproetjes over haar oriëntaals gekleurde fijngevormde neus.

Ik keek naar de keeper van VOC die overduidelijk een veldspeler was. Hij had een trainingsjackie over zijn rood met zwart horizontaal gestreepte shirt aan. De jongen was niet groot. Ik hoefde de bal alleen maar zuiver in de hoek te plaatsen en hij zou buiten zijn bereik blijven. Zo deed ik het altijd.

Maar ik ging het dit keer eens anders doen. Heroïscher. Indachtig de strafschop die Johan Neeskens in de WK-finale tegen West-Duitsland succesvol had genomen, besloot ik de bal vanaf elf meter loeihard te gaan schieten.

Vanuit mijn ooghoek keek ik opzij. Mijn broer stond nonchalant tegen het hek geleund, hij had zijn arm om Maaike geslagen. Mijn moeder wachtte gelaten af, mijn vader keek geconcentreerd.

De scheidsrechter floot. De keeper van VOC ging wat door de knieën, het maakte hem nog kleiner in het grote doel.

Het leuke was: hij wist niet waar de bal ging komen, maar ik ook niet en dat wist hij weer niet. Als hij mij probeerde te lezen, had dat geen enkele zin. De bal zou namelijk alleen hard zijn, niet geplaatst. Aan mijn aanloop kon hij mijn plan niet afzien.

Omdat ik nog niet over een goede wreeftrap beschikte, koos ik voor buitenkant voet, zoals Willem van Hanegem, 'De Kromme', dat altijd deed.

Het resultaat: een schot dat niet zacht was maar zeker ook niet keihard. De bal ging tot overmaat van ramp halfhoog een metertje uit het midden richting doel. Makkelijker voor een keeper kan bijna niet.

De veldspeler met zijn trainingsjackie aan dook en had de bal meteen klemvast. De teleurstelling was zo groot dat ik wilde verdwijnen. Ik durfde niet opzij te kijken.

Onze aanvoerder liep langs en zei: de penalty's zijn vanaf nu voor mij.

Wat me bezielde om me zo uit te sloven weet ik wel: Maaike. Of zou het de eenmalige aanwezigheid van mijn moeder zijn geweest?

O, wat was ik boos op mezelf. Ik had matchwinner kunnen zijn, nu was ik de schlemiel. 'Waarom koos je niet een hoek, net als je altijd doet?' vroeg mijn vader na afloop. Maaike zei: 'Jammer, Hugo.'

Mijn moeders uitdrukking was neutraal, soeverein. Misschien begreep ze het ook niet helemaal. Voetballen was iets tussen mij en mijn vader. Ze voelde zich niet geroepen om er iets over te zeggen.

Na een uurtje in het Verpleeghuis moet ik vaststellen dat mijn blessure ma ontgaat. Ik zet mijn gemank nog zwaarder aan.
'Zie je niks, ma?'
Ze kijkt en denkt na. Ze zegt: 'Net als Henk.'
Grappig, die associatie. Ze heeft gelijk. Mijn vader waggelde een beetje. Zijn ene been was twee centimeter korter dan het andere.
'Mijn knie is dik, ma. Moet je kijken.' We zijn op haar slaapkamertje. Ik laat mijn broek zakken.
'Nou zeg,' zegt ze.

GRIEZELFILM

Je hebt natuurlijk de douchescène in *Psycho*. Je hebt de charmante kannibaal Hannibal Lecter. Je hebt het huiveringwekkende slot van de Nederlandse film *Spoorloos*. Je hebt die twee meisjes, geestverschijningen, die in *The Shining* een jochie op zijn driewieler de stuipen op het lijf jagen.

Over wat eng is, wat enger en wat het engst, kun je twisten. Tenminste, dat dacht ik. Tot ik *Still Alice* zag. Dat was eergisteren. De film die actrice Julianne Moore een Oscar, een Golden Globe en een BAFTA opleverde, heeft me beroerd.

Still Alice is onder mijn huid gaan zitten. In de film zie je Alice Howland, een taalwetenschapper, verdwalen tijdens het joggen. Tijdens een lezing komt ze niet op een woord dat haar verhaal moet onderbouwen. Bij Alice openbaart zich een vuige alzheimervariant. Ze is pas vijftig. Haar geheugen hapert steeds vaker. In de film zegt ze: 'Wie ben ik nog als ik me niet meer kan uitdrukken?' En: 'Wie neemt ons serieus als we zo ver zijn weggedreven van wie we ooit waren?'

Eerst is er ongeloof bij Alice Howland, eventjes ontkenning, dan boosheid en angst, gevolgd door moed en strijdlust en uiteindelijk is er doffe berusting. Daarna begint het grote, genadeloze vergeten. Alice verliest haar identiteit.

Ook al is het fictie, ook al maak je het mee in de bioscoop: wie een mens ontmanteld ziet worden en zijn decorum ziet verliezen, die voelt zich ongemakkelijk. Het kan jou ook overkomen.

Shit, hoe vaak kan ik niet op een woord komen? Hoe vaak loop ik iemand strak voorbij met wie ik een halfjaar geleden nog een praatje heb gemaakt? Waarom herkent oud-burgemeester van Rotterdam Ivo Opstelten 25.000 stadgenoten (die man heeft een geheugen, niet normaal) en ik misschien duizend? Waarom vergat ik laatst die best belangrijke afspraak? Van die gedachten had ik. Héb ik.

Ik was niet de enige die onzeker de bioscoop verliet. Ik heb het nagevraagd bij mensen die deze angstaanjagende film ook bezochten. Na *Still Alice* waan je je onzeker. Dementie blijkt niet alleen iets wat je op oude leeftijd kan krijgen. Het kan al op je veertigste toeslaan.

'Had ik maar kanker,' bitst de alzheimerpatiënt Alice Howland.

Dat is een kwalijke opmerking – zeker. Je mag leed nooit vergelijken. Maar vergeef het haar, Alice is wanhopig omdat ze geestelijk wordt gesloopt en ze is zich er, ondanks al het vergeten, verdomd lang van bewust. Ze schaamt zich rot voor wat er van haar overblijft. 'Herinneringen,' zegt ze, 'zijn je meest waardevolle bezittingen' – en die ontvallen haar.

Weet u wat ik klote vind? Over deze griezelfilm kan ik niet meer met mijn dementerende moeder praten. Ik troost mij met de gedachte dat we wel over soortgelijke verhalen gesprekken hebben gevoerd. Ma las boeken als *Hersenschimmen* (Bernlef), over het grote, genadeloze vergeten, zag documentaires over alzheimer. Bij ma op de koffie spraken we erover. Ik herinner me hoe vaak ze zei dat ze er serieus rekening mee hield dat dit lot haar zou treffen. Gelukkig gebeurde dat niet op de leeftijd van Alice Howland. Maar toch.

Eén ding zag ik over het hoofd. Het vooruitzicht moet voor ma doodeng zijn geweest. Het vooruitzicht *is* doodeng.

KRUIS (3)

Ma wijst weer naar haar, mijn, kettinkje.

Ik draag een overhemd, het gouden kruis is zichtbaar.

'Mooi, hè?' zeg ik. Ik ben nieuwsgierig of ze weer gaat zeggen dat ik 'm haar heb afgenomen.

'Erg mooi,' zegt ma.

'Je hebt een goeie smaak, moedertje. Was van jou, hè, deze. Heb je van pa gekregen toen jullie vakantie vierden op Kreta, heel lang geleden.'

Ze knikt. Geen idee of ze de aankoop nog voor zich ziet.

'Heb je me gegeven toen ik vijftig werd. Omdat ik 'm zo mooi vond.'

Ze knikt. Ze gelooft het wel.

KIKKERGROEN

'Ik moet even naar de markt om nog een paar makkelijke broeken te kopen voor je moeder,' zegt mijn vrouw. 'Ze past niks meer, ze valt zo af.'

'Koop geen kikkergroen, hè?'

Ik heb niets tegen de markt, ik koop er kaas en perssinaasappelen en tweedehands Adidas-trainingsjasjes, maar nieuwe kleren: nee.

'Ik vind het tragisch,' mompel ik.

Karina weet precies wat ik bedoel. Ze is bekend met de garderobe van haar schoonmoeder. Elegante, klassieke kleding, de nodige dure merken. Overigens werd heus niet alles nieuw aangeschaft. Mijn moeder kocht ook bij Secondhand Rose in Den Haag, waar deftige dames hun twee keer gedragen mantels naartoe brengen.

In de jaren zeventig en tachtig was ma dol op couturier Edgar Vos die onder anderen Liesbeth List en Martine Bijl kleedde. Van Edgar Vos naar een broek van de markt, ik vind het een flinke degradatie.

Laatst weigerde ma in een door Karina aangeschafte broek te stappen. 'Daar ga ik niet in lopen, ik ben geen kikker,' zei ze resoluut tegen verzorgster Sandra die haar aankleedde. Die kikkergroene broek was ook van de markt.

Ma heeft – vind ik – door haar comfortabele kleding iets van haar grandeur verloren. Ze kon ook maar een fractie van haar mooie kleren meenemen naar het Verpleeghuis. Heel wat nichten, vriendinnen en aanverwanten zijn kledingstukken komen uitzoeken. Ma bleek wel dertig paar schoenen te hebben, en mantels te over, voor elk weertype vijf varianten.

Ik kijk op de klok. Het is tijd om even langs ma te gaan.

HANDEN

Ma zit op bed. Ze kan er niet over uit. Ontzet zegt ze: 'Mijn handen.' Ze staart ernaar of ze niet van haar zijn. Dat doet ze vaak.

'Zo oud,' zegt ze. En: 'Lelijk.'

De transparante huid verraadt meanderende aderen en breekbare botjes. Maar ik vind ze mooi, die handen. Omdat ze van mijn moeder zijn.

Ik pak haar benige handen en zeg: 'Ze hebben geleefd, ma. Beetje respect voor je handen, hoor. Ze zijn pas jarig geweest. Ze zijn al zesentachtig jaar.'

Iets van een lachje.

Nu zou ik willen dat ma mij opbeurde, geruststelde, zoals ze dat vroeger kon. Het zit zo: hoe geweldig the *final cut* van de SF-klassieker *Blade Runner* ook was gisteren, ik blijf maar denken aan actrice Julianne Moore die mij in *Still Alice* als alzheimerpatiënt Alice Howland de stuipen op het lijf heeft gejaagd. Het is al drie weken geleden dat ik die film zag en ik krijg haar noodlot niet uit mijn kop. Ter verstrooiing, ter afleiding, lees ik nu *Alles wat is* van James Salter. Een geweldig boek, maar wat me dwarszit: soms moet ik een paar bladzijden terugslaan. Een naam zegt me ineens niks. Wie was dat ook al weer? Ik ben sinds *Still Alice* bang voor het grote vergeten.

Is *Still Alice* voor mij wat de theatervoorstelling *U bent mijn moeder* in 1982 voor ma was?

Het is theatergeschiedenis. In die legendarische solovoorstelling speelde Joop Admiraal zichzelf én zijn demente moeder. Ma, destijds even oud als ik nu, begon vaak over Admiraals glansrol. Ze bezocht het theater met pa maandelijks, decennialang, maar dit was het allermooiste wat mijn moeder had gezien.

Het zal er ook mee te maken hebben gehad dat ma toen al stevig met dementie te maken had. Nadat haar vader aan de gevolgen van die ziekte was overleden, zorgde ze een paar keer per week voor haar dementerende schoonmoeder (mijn oma) in bejaardenhuis Atrium aan de Karel Doormanstraat. Ze wist toen nog niet dat tien jaar later haar zussen een voor een aan de beurt zouden komen.

Mijn eerste heftige confrontatie met dementie is oma Borst geweest die aan de deurklink begon te rammelen wanneer je na een bezoek over de gang weer naar de lift liep. Ze wilde eruit, maar de deur zat van buiten op slot. Dat moest, we verrichtten die handeling zelf, want oma Borst was een keer weggelopen en verdwaald geraakt. Ik herinner me het uitzicht vanuit haar laatste kamer op het hofje waar in die jaren Rotterdamse heroïneprostituees hun klanten afwerkten.

Oma's handen zie ik niet voor me. Waren ze net zo verweerd als die van ma nu?

'Morgen lakt Karina je nagels weer, ma,' zeg ik.

Ze knikt. En zegt iets. Ik geloof dat ze zegt dat haar schoondochter dan de nagels van de andere bewoonsters van haar groep ook kan doen. Maar zeker weten doe ik dat niet. Ma verstaat mij beter dan ik haar.

STRENG

Ma kon best streng zijn. Maar nooit zo streng als haar eigen vader. Die hoefde aan tafel alleen maar over zijn bril te kijken en iedereen hield zijn mond. Op een dag verkocht hij mijn moeder, veertien jaar oud, een hijs. Het gebeurde volgens ma midden op straat, in de Paradijslaan in Crooswijk. Haar vrienden en vriendinnen met wie ze in het portiekje rondhing – dat was wat zijn toorn wekte – zagen het gebeuren.

Drie, vier decennia later deed mijn moeder dat heel anders. Waar haar overwicht als opvoeder in zat, weet ik niet goed meer. Haar gezag was natuurlijk. Ik heb mijn moeder nooit gehaat, zelfs niet als puber, nou, behalve die ene keer dan, toen bij de strijkplank in het tussenkamertje. Voor dat verhaal schaam ik me behoorlijk.

SCHOP

Ik had mijn Wrangler lief als Esther. En als Christa. En ook als Lies van Vliet en Petra. Misschien was die spijkerbroek me nog wel liever. Er was geen broek die aan die Wrangler kon tippen.

Ik weet het nog. Voor half geld gekocht bij Scheenjes Mode in Hillegersberg. Dan wist je: er zat een broekspijp scheef of er zaten weeffouten in of de pasvorm deugde niet, maar de handicap van deze jeans, ik heb 'm nooit ontdekt. Bij Scheenjes Mode hadden ze er de dubbele prijs voor moeten vragen.

Ik droeg de spijkerbroek, maat 31 x 36, zo vaak dat hij naar mijn dunne dijen en voetbalkuiten was gaan staan. Hij streelde de huid; ma had 'm zo vaak gewassen dat-ie van fluweel was geworden. Van voren leek het of ik heel wat te bieden had, en achter: mijn billen hoefden echt niet gestut te worden, maar deze Wrangler flatteerde mijn kont.

Ik liep niet over van zelfvertrouwen op mijn zeventiende, daarom beschouwde ik dit staaltje maatwerk ter waarde van 39 gulden en 95 cent als mijn beste vriend. Eentje met wie je nooit ruzie kon hebben. Maar onkwetsbaar was-ie niet. De stof werd dunner. Het was ma die me er op attent maakte. 'Hij is versleten.' Ik lachte haar uit, ik zei dat-ie nu op zijn mooist was.

Met een partijtje voetbal viel ik er een gaatje in en toen ik hem die avond uittrok, zag ik dat de stof op het zitvlak zo dun was geworden dat ik kon zien in welke richting de stof machinaal geweven was. 'Hij is op,' zei ma. Ik zei dat dat juist gaaf was, rafels en gaatjes. 'Hij is nu echt op,' zei ze met de stelligheid van haar strenge vader zaliger.

Ik droeg mijn Wrangler elke dag. Vies, vond ma. Onzin, vond ik. Uit protest gooide ze 'm dan op een onbewaakt ogenblik in de wasmachine. De volgende ochtend was-ie niet droog. Narrig ging ik dan op zoek naar een stand-in. Als ik op zo'n dag in de schoolbank ging verzitten, dacht ik met de smart die je normaal gesproken voor mensen hoort te voelen aan mijn spijkerbroek die op dat moment hing te drogen in het tussenkamertje. Zodra ik 's middags thuiskwam, ging ik aan m'n Wrangler voelen. Als het een beetje kon, wisselde ik van broek.

Er vielen meer gaten. 'Ik gooi 'm binnenkort weg,' zei ma op een toon die bij mij haatgevoelens opriep.

'Waag het niet,' zei ik, emotionele puber.

Ze dreigde steeds vaker. Ze zei dat iemand met een scheur in zijn broek een armoedzaaier was.

'Vroeger wel, ja. Je moet eens met je tijd meegaan, ma. Wees blij dat ik geen punker ben.' Het was 1979.

Ik geloofde geen moment dat ze haar dreigementen zou waarmaken. Ik was zeventien, ik had een eigen wil, ik zat in vijf havo.

Op een dag stond mijn moeder in het tussenkamertje te strijken. Ik vroeg waar m'n Wrangler was.

Ze zei: 'Weggegooid. Jij deed het niet dus heb ik het maar voor je gedaan.'

'Godverdomme!' Ik riep nog wat, misschien wel iets met kanker erin, maar wat ik riep viel in het niet bij wat ik deed.

Het schoppen was een impuls. Kortsluiting. Eng als je erover nadenkt. Heel slecht ook. Toen ik uithaalde, voelde dat als geoorloofd. Dat herinner ik me. Al geloof ik niet dat het vergelding was. Het was ongeloof, het was geschonden vertrouwen, het was oerwoede. Omdat ik nooit gedacht had dat ma het echt zou doen. Omdat ze wist hoe ik op die broek gesteld was.

Een fractie van een seconde was ma stil. Toen rende ze brullend weg. Ze knalde haar slaapkamerdeur dicht en ik hoorde haar huilen op bed. Van haatgevoelens was al geen sprake meer.

Mijn broer van vijfentwintig kwam. Eerst sprak hij met ma. Toen kwam hij mijn kamer binnen. Hij had acht jaar eerder genoeg ruzie gehad met ma. Hij zei op een heel redelijke toon: 'Dat moet je dus niet doen.'

De schop heeft de relatie tussen ma en mij niet verpest. Gevolgen had het nog lang. Ik probeer nog steeds rekening te houden met wat ik aantrek als ik bij ma op bezoek ga.

Ma en ik hebben het nooit meer over het schopincident gehad. Nu weet ze het niet meer, denk ik.

Ik heb toen de hele middag gezocht naar die broek. In onze vuilnisbak lag-ie niet. Ze had 'm natuurlijk in een van de grote vuilcontainers van onze flat gegooid.

GEFLUISTER

Eerst dacht ik dat het aan mij lag, dat mijn gehoor achteruitging. Maar ma blijkt steeds zachter te praten. We zeggen vaak: 'Harder, ma.' Ze schraapt haar keel, het volume neemt toe, heel eventjes, dan begint het gefluister weer, alsof ze haar stem is kwijtgeraakt en haar stembanden moet sparen, heel raar. Volgens mijn broer heeft het te maken met een gebrek aan energie. Ze pompt haar longen niet meer lekker vol.

Terwijl ma tegen me fluistert, vraag ik me af: hoe klonk pa ook al weer? Hij bracht een stevig geluid voort, mede vanwege zijn doofheid. Maar hoe hij precies klonk? Ik weet het niet meer en ik voel paniek opkomen. Eventjes maar. Pa's stem ligt nog wel ergens in een kast of een laatje, op een videoband of cassettebandje.

'Wat zeg je, ma?'

Ze maakt geïrriteerd een gebaar. Zo van: er zitten anderen bij. Maar het is waarschijnlijk helemaal niet belangrijk wat ze zegt.

Nu raak ik geïrriteerd. Wat ze zegt is al vaak zo onsamenhangend.

'Ma, ik versta je echt niet.'

VERKOCHT

Als ik sportief doe en niet met de auto maar op de fiets naar het Verpleeghuis ga, dan rij ik even via de Robert Kochplaats. Kijken of de woningbouwvereniging ma's appartement al heeft verkocht.

Op de een of andere manier vrees ik dat moment.

Tenminste, dat dacht ik. Nu ik plotseling het bord zie met 'verkocht' erop, doet het me niet zoveel. Zou het zijn omdat ik ma niet meer kan wegdenken uit het Verpleeghuis? Of omdat ma de laatste maanden op de Robert Kochplaats zo ongelukkig was?

MENEER ALZHEIMER OP ÉÉN OOR

Ma ligt te slapen met een vredige glimlach. Ik zit op een stoel naast haar bed en observeer haar. Als ze wakker wordt, heeft ze nog steeds die glimlach, en een paar minuten later krijgt ze zelfs de slappe lach.

Ze wijst naar haar armen. Door de bloedhitte heeft ze eindelijk eens geen vest aan maar een blouse met korte mouwen. Na haar handen zijn nu haar armen aan de beurt. Die armen, wijst ze. Ze trekt aan het losse vel. Ze lijkt te zeggen: zo lelijk, hilarisch gewoon.

Ik ga er in mee: 'Ze zijn oerlelijk, ma, die armen van jou. Dat gerimpelde vel, kijk dan, het lijkt wel een plastic broodzakkie.'

Ze bestudeert ze weer, giechelt, slaat haar hand voor haar mond.

Zelfspot. Kan dat? Kan iemand die dementeert om zichzelf lachen? Of komt het om dat meneer Alzheimer nog op één oor ligt? Is ma 'm eventjes te snel af vanochtend? Nou, daar maak ik graag gebruik van.

Ik zeg: 'Je kleinzoon is over op het Grafisch Lyceum, ma.'

'O, wat knap van 'm.'

Zegt ze dat echt? Ik dacht van de week hetzelfde: o, wat knap van 'm.

Ze zegt: 'Dan moet hij... eh... wat krijgen...'

'Je bedoelt: iets uit je portemonnee?'

Ze knikt. Vroeger gaf ze haar kleinkinderen een tientje als ze met hun rapport langskwamen.

'Komt goed, ma.'

Ik laat ma een foto van haar kleindochter Tessa zien, een van de twee kinderen van mijn broer Laurens.

'O, wat een mooie meid toch,' zegt ma. Opnieuw oprechte bewondering.

'Ze zit nu in Azië met haar vriend. Weet je nog welke weg zij heeft afgelegd, ma?' Ik vertel dat Tessa na het vmbo mbo deed, toen hbo en nu een universitaire studie volgt.

'Echt?' Ma's ogen stralen.

'Criminologie. Weet je wat dat is?'

'Jawel,' zegt ze en ik zie dat ze het ook echt weet. De woorden misdaad en geweld komen niet uit haar mond. Die zeg ik voor, maar het is de manier waarop ze knikt – zo wijs.

'En Debbie, je andere kleindochter, heeft een prachtige baan bij Procter & Gamble.'

Ma spreekt een zin uit die stroopt, maar ik hoor duidelijk het woord 'trots'.

En dan komt er een zin zo helder als een klaterend bergbeekje. 'Ik heb een goed leven.'

Ik wacht op wat er volgt.

'Henk was ook zo'n lieve man.'

'Gisteren dacht je dat pa nog leefde, ma,' zeg ik.

'Daarstraks ook hoor. Gek, hè. Nu weet ik dat hij er niet meer is.'

'Weet je dat Anthé in het ziekenhuis heeft gelegen?' zeg ik.

Anthé is ma's nicht. Ik test mijn moeder nu. Het kan natuurlijk niet, maar stel dat meneer Alzheimer in coma ligt, dan is ma weer helder.

En ja hoor. 'Waarom in het ziekenhuis?' vraagt ma.

Ze weet nog wie Anthé is. En haar andere nichten die ik ter sprake breng, weet ze zich ook voor de geest te halen. Miek en Brigitte. En Brigittes zoon, Arjen.

'Zie je die nog weleens?' vraagt ze.

Ik weet niet wat ik hoor.

'Arjen en ik bellen elkaar op onze verjaardagen, alleen dit jaar kwam het er niet van.'

Haar ogen gaan zoekend door de kamer. Ma zegt: 'Moet ik terug?'

'Waarheen?'

'Naar eh, huis.' Ze kijkt de ruimte rond, wijst. 'Ik moet toch weg hier?'

'Nee, dit is nu je huis. Is toch goed?'

'Maar dit gaat toch weg?'

'Nee hoor. Dit blijft jouw kamer.'

'O, gelukkig.'

'Je vindt het hier fijn, hè?'

'Ja, het is goed hier.'

Ik help ma met opstaan. Ik hou haar voorzichtig vast aan een dunne bovenarm met daaromheen de slappe, gerimpelde, loshangende huid.

MARTHA

De arts van het Verpleeghuis vertelde me laatst in de lift dat ze ma in een heel karakteristieke pose op de gang zag. 'Aan de arm van Martha, als een koningin. Je moeder schreed als het ware.'

Ik vraag verzorgster Martha of mijn moeder werkelijk koninklijke trekjes heeft. 'Ze zoekt me op,' zegt ze en lacht zo'n lekkere Surinaamse lach.

'Vind je haar een lastpak in vergelijking met anderen, Martha?'

'Ze weet wat ze wil. Nee is nee. En als ik met iemand anders bezig ben en je moeder heeft me nodig dan moet ik die ander laten staan om je moeder te helpen. Als ik dan niet gelijk kom, is ze boos. Maar ja, soms ben ik met iemand bezig, die naakt is of zo. Nou, dan krijg ik een blik, hè.'

Ik grinnik. Ik ken die blik. Martha vindt het gelukkig grappig.

'Vind je mijn moeder verwend?'

'Je moeder is de jongste hè?'

Ik knik. 'En mijn vader verwende haar ook.'

Martha: 'Maar ze is niet lastig hoor. Ze weet gewoon wat ze wil. Ik mag haar ook niet te stevig pakken. Dan zegt ze: "Dat doet zeer." Je moeder is heel gevoelig.'

'Ja, ma is een delicate dame,' zeg ik.

Martha: 'Ik heb ook best een stevige manier van aanraken.

Te stevig gaat bij je moeder niet. Dan is het au. Dat is voor mij ook wennen. Ze heeft een gevoelig lichaam. Ik moet iets zachter doen.'

Dan vertelt Martha hoe het er op de wc aan toe kan gaan. 'Je moeder zegt dat de wc's altijd vies zijn. Wat inderdaad meestal klopt. Nou, dan ga ik het eerst voor haar schoonmaken.'

Ik schiet in de lach. 'Martha, je had de wc bij ons thuis moeten zien. Zo schoon dat je niet durfde te plassen uit angst te spetteren.'

Martha: 'Ze vindt het altijd vies. Zelfs als het schoon is, is het vies. Ik haal er een doekje overheen. Dat laat ik haar echt zien dat ik het schoonmaak. Anders gaat ze er niet op hoor.'

PIZZAATJE

Ik herinner me een ruzie tussen mijn broer en mijn moeder. Hij woonde nog thuis, op de Lombardkade. Het was zaterdagmiddag, we aten soep. Het zat zo: donderdag was Hanneke bij Laurens blijven slapen en vrijdag Maaike. Ma vond dat absoluut niet kunnen, twee meisjes in één week. De ruzie liep hoog op.

Veel is mijn broer vergeten – grinnikend 'ik hang niet zo aan het verleden als jij' –, maar deze ruzie staat hem bij.

Vandaag is hij niet thuis in de Achterhoek, maar in Rotterdam. We eten een pizzaatje van Angelo Betti en praten over ma.

Op zijn zeventiende ging mijn broer al uit huis. 'Toen ik in vijf havo zat,' zegt Laurens.

Ik knik. 'Jij en ma lagen toen vaak in de clinch.'

Laurens: 'Pa dekte ma altijd in die ruzies. Nu snap ik dat, pedagogisch gezien. Toen werd ik daar ziek van. Ik had geen zin meer in dat gezeur. Ik ben lekker op mezelf gaan wonen. Ze deden ook niet moeilijk toen ik met twee vrienden een huis had gevonden.'

Zo maakte Laurens mij min of meer enig kind. Ik was negen. Het werd thuis rustiger.

Laurens ging journalistiek studeren én was marktkoopman. Hij vertelt: 'Ik kon daarnaast goed pokeren. Pa en ma wisten daar niks van. Ze vroegen er ook niet naar.'

'Tot je op een dag thuiskwam met dat litteken in je gezicht.' Iemand in de kroeg had mijn broer met een kapot glas in zijn gezicht gestoken. 'Ma vond dat vreselijk,' zeg ik.

Het is goed gekomen met mijn broer. Hij is de zestig gepasseerd en leeft samen met zijn vrouw Jackie en hun boxer Senna. De twee dochters zijn uit huis. Hij heeft een keurige baan als zendermanager van Radio 1. En is grootvader van Balou.

'Ik heb soms last gehad van schuldgevoelens,' zeg ik.

'Wat bedoel je?'

'Nou, dat ik op de een of andere manier in gebreke bleef bij ma. Jij niet?'

'Nee.'

Ik kauw op mijn pizza. 'Jij was onafhankelijker van ma,' zeg ik dan.

'Dat denk ik ook. Maar ik begrijp wel wat je bedoelt. Dan kwamen we eten, had ze heerlijk gekookt en dan was er een ruzietje, altijd om niks, dat mondde uit in een scheldpartij, ma vertrok huilend naar de slaapkamer en dan dacht je: was dit het nou waard? Bedoel je dat? Ja, dat had ik ook wel.'

De laatste jaren is Laurens closer geworden met ma. 'Ik heb meer contact dan ooit met ma, ook fysiek. Ik vind het ook zo typisch dat ze zegt: "Fijn dat je gekomen bent." Ze waardeert het echt, hè. Vroeger was ze niet zo, eh... zacht. Ze had vaak kritiek op bepaalde ontwikkelingen in mijn carrière, dat vond ik jammer.'

'Dat is wel een prettige bijkomstigheid van nu, hè,' zeg ik. 'Ze is nooit meer boos. Ze is nooit meer kritisch. Een gat in m'n broek ziet ze zelfs niet meer.'

Laurens en ik kauwen de laatste punten pizza's weg. Ik vraag: 'Wat vond jij het leukst van ma?'

'Dat ze net als pa tolerant was. Maar wat ik me wel afvraag...

Of ma zich eh, een beetje meer voelde dan andere familieleden.'

Ik glimlach. 'Zullen we het licht hautain noemen?'

Soms kon er iets in haar houding sluipen wat totaal niet meer herinnerde aan Rotterdam-Crooswijk. Ik zeg tegen mijn broer: 'Misschien had ze het zelf niet eens door.'

We zwijgen want we moeten kauwen.

'Weet je wat mij opvalt,' zegt mijn broer dan, 'volgens mij vergeet een mens de gewone, dagelijkse leuke dingen. Ik heb een prima relatie gehad met pa en ma, maar ik kan me amper details herinneren.' Hij denkt na. 'Misschien heb ik ook wel minder behoefte om te reflecteren.'

'We hebben mazzel gehad met ze,' zeg ik.

Laurens: 'Zeker. En onze familieband is er nog steeds. Ik kijk alweer uit naar sinterklaas, kerst en oud en nieuw.'

'Dat hebben ze er goed ingestampt, broer,' zeg ik.

'Lekker eten met elkaar, sjoelen.'

'Alleen,' zeg ik, 'wat doen we met ma met de kerst?'

INTERMEZZO

Als de lift op de begane grond landt en de deuren opengaan, staat daar een oude man in. Ik wacht. Hij stapt niet naar buiten. De man staat met zijn rug naar me toe, een beetje gebogen, via de spiegelende achterwand zie ik een wanhopig gezicht.

Nergens gaan liften zo langzaam als in oorden waar oude mensen wonen. Er is een oorzakelijk verband natuurlijk, maar dat boeide me nooit, want ik had altijd haast. Nu heb ik net vijf minuten op het ding staan wachten, en het doet me niks meer. Aan haast moet je je niet bezondigen, dat heb ik geleerd sinds ma hier zit. Zodra ik in het Verpleeghuis ben, schakel ik terug naar de eerste versnelling.

'Waar moet u naartoe, meneer?'

De man draait zich traag om en zegt: 'Merimerimerimeri.'

Ik stap de lift in en druk op de knop van de vijfde. 'Moet u soms ook naar de vijfde?'

Hij kijkt me paniekerig aan. 'Merimerimerimeri.'

Het Verpleeghuis is een gesloten inrichting, maar binnen het gebouw van vijf verdiepingen mogen de bewoners zich vrij bewegen. Opvallend weinig mensen doen dat. Ik kom meestal dezelfde gezichten tegen in of voor de lift. Deze meneer ken ik nog niet.

Hij is keurig netjes aangekleed. Ik neem hem mee naar de woongroep van mijn moeder. Daar zet ik hem aan de tafel waar ma met een medebewoonster koffie zit te drinken.

'Hai ma.' Een vluchtige kus. 'Deze meneer is verdwaald. Ik bied hem even een kop koffie aan. Dat is wel het minste wat we kunnen doen. Wilt u een kop koffie, meneer?'

Dat wil hij.

Achter me hoor ik hem in zichzelf praten. Hij vloekt ook. 'Tering,' zegt hij. Ik kijk naar ma en zie dat ze een wenkbrauw naar me optrekt. Ik stel haar in gebarentaal gerust.

'Wilt u melk in uw koffie?'

Als zijn kopje leeg is, begint hij aan een verhaal. 'Merimeri. Tien gulden. Ook tien gulden. Merimeri.'

Ook de verzorgster van ma's woongroep kent de man niet. Ze vraagt hem of ze in zijn overhemd mag kijken, bij zijn nek. Ze zoekt naar het etiketje met zijn naam.

Onleesbaar. De verzorgster gaat op onderzoek uit, zegt ze. Ze pakt de telefoon.

Ineens begint de man te fluiten. Het is helder en melodieus. Toen de radio nog niet bestond, moet het op straat zo hebben geklonken. Ik krijg er kippenvel van. Ik kijk naar ma en naar haar medebewoonster. Ook zij luisteren gebiologeerd.

Als hij na een minuut stopt, klap ik in mijn handen. Ik spoor hem aan verder te fluiten. 'Het is prachtig, meneer. Toch, ma?' Ma en de medebewoonster knikken. Ik zie wat wantrouwen in ma's blik. Haar doe-maar-gewoon-dan-doe-je-al-gek-genoeg-houding gaat er nooit helemaal uit.

De man zet zijn lippen weer in de fluitstand. Zou hij praten zoals hij fluit dan was hij Tommy Wieringa, eloquent en vol zelfvertrouwen. Ik ben opgelucht dat zijn wanhoop is bezworen. Ik bied de man nog een kop koffie aan en wanneer die op is, trakteert hij ons op een improvisatie waarin 'The Last Post' is verweven.

Er komt een verzorgster binnen. Ze is van een andere verdieping, van de woongroep van de fluiter. 'Waar was je nou, Martin?' De verzorgster pakt Martins handen beet. 'Ik heb je gemist.'

Ze meent het.

'Merimeri,' zegt Martin.

'Ja,' zegt de verzorgster. 'Je vrouw heet Mary, hè?'

Ik ben opgelucht. Het is alsof de moeder van de verdwaalde Martin hem na een oproep komt ophalen uit Ikea's speelparadijs.

Als Martin weg is, zegt ma: 'Dat was wel raar, hè?'

'Maar hij floot erg mooi,' zeg ik.

JUBILEUM

Vandaag is het de eerste keer dat we op pa's sterfdag niet naar de algemene begraafplaats Crooswijk gaan met ma. Ma is zich niet meer bewust van de datum. We hebben de voorgaande dagen ook maar niks gezegd. Ik vraag me trouwens af of ma zich nog herinnert dat we – zij, haar kinderen en kleinkinderen – de afgelopen jaren naar het strooiveldje zijn geslenterd om pa te herdenken. We hielden het speels. We deden een potje jeu de boules met dennenappels op de plek waar ik in 2008 pa's as verstrooide. Ma vond dat wel een beetje raar maar ze deed mee en won niet één keer.

Ik heb er geen moeite mee dat we verstek laten gaan. Ik denk elke dag wel een keer aan pa. We denken allemaal nog aan pa. Hij komt regelmatig ter sprake. Ook in het Verpleeghuis waar zijn foto prominent in ma's slaapkamertje staat. Als ma over hem begint, probeer ik altijd een verhaaltje over hem te vertellen. Soms is dat nieuw voor ma. 'Nee, dat weet ik echt niet.' Of: 'Nee, dat zegt me niks.' Maar vaak genoeg glimlacht ze omdat het beeld van pa ineens opdoemt uit de mist. Het is fijn ma zo te zien omdat haar liefde voor haar man er zeven jaar na zijn dood nog altijd vanaf druipt.

Vandaag zit ik de hele dag in Amsterdam, mijn vrouw is op pad met een familielid uit Nieuw-Zeeland, mijn broer en schoonzus hebben verplichtingen in de Achterhoek. We zijn niet bij ma op deze speciale datum en het is niet erg, want we waren er gisteren en we zijn er morgen en overmorgen.

PRAATGROEP

'Je moeder is in de bibliotheek,' zegt een vrijwilliger. Dat verbaast me, want mijn moeder en boeken, *dass war einmal.*

In de piepkleine bieb zit ma aan een langwerpige achthoekige tafel met elf medebewoners. Van ma's woongroepje zie ik niemand.

Er gaat in de bieb gediscussieerd worden. Briljante redenaars ontbreken volgens mij in dit huis en het is geen 1973 meer, maar ach, waarom ook geen praatgroepje op een lome dinsdagmiddag?

De meeste deelnemers zwijgen, maar een deftige meneer ('Ik ben een pessimist') en een deftige mevrouw ('Ik ben een optimist') doen hun mond soms open.

Ik zit achter ma op een krukje, als toeschouwer. Naast haar zit een man die een gouden ring met een davidster draagt. Hij is, na de gespreksleidster, het meest aan het woord. Ik ken hem niet, noch zijn achtergrond en de ernst van zijn ziekte. Zijn energie contrasteert met die van ma. Hij is temperamentvol, hij praat hard, wat ma helemaal niet fijn vindt. Een paar keer stopt ze haar wijsvingers in haar oren.

De man zegt: 'Heb eerbied voor je vader en moeder, de rest interesseert me niet.'

Hij vertelt dat hij het moeilijk heeft gehad met zijn kinderen. Ze begrepen hem niet. 'Mijn zoon zei op een dag: "Pa, ik heb geen werk maar maak je geen zorgen, mijn vrouw verdient goed." Toen heb ik gezegd: "Schaam je je niet, jongen? Dat je vrouw meer verdient dan jij?" Als mijn vrouw een cent meer zou hebben verdiend dan ik, zou ik mij diep hebben geschaamd.'

Er valt een ongemakkelijke stilte in de praatgroep.

De man vervolgt: 'Ik heb na zijn geboorte tegen mijn vrouw gezegd dat als mijn zoon homo blijkt hij mijn huis moet verlaten. Laatst vroeg mijn zoon of ik dat echt had gedaan. "Natuurlijk," zei ik.'

Ik kijk naar ma. Vroeger zou ze deze teksten niet hebben kunnen uitstaan. Maar het betoog gaat haar ene oor in en het andere uit.

Haar buurman is op dreef. Voor een praatgroep is zo'n aanjager goud waard. 'Onlangs heb ik een prachtig cadeau gehad van mijn zoon,' zegt hij. 'Ik eh... was van plan iets te doen. Mijn zoon zei: "Pa, niet doen!" Toen pakte hij mijn hand en kuste die. Toen was ik gelukkig. Hij is nu echt mijn zoon geworden.'

De gespreksleidster knikt.

Hij heeft nog een anekdote. 'Mijn echtgenote en ik kwamen binnen in een liberale synagoge. Een vrouw pakt mijn hand, leidt me naar een stoel en zegt: "Ga hier maar zitten." Weet u wat ik deed? Ik liep die synagoge uit. Een vrouw die je hand pakt in een synagoge en zegt: "Ga maar zitten." Dat bestaat niet.'

En dan zegt hij: 'Een vrouw moet koken en kinderen baren.'

Ma zit ernaast en geeft geen sjoege. Een vrijwilligster zegt cynisch lachend: 'Ons enige recht is het aanrecht.'

De deftige meneer zegt tegen de ontremde man: 'Ik kan daar echt niet in meegaan. Ik ben het helemaal niet met u eens.'

De deftige mevrouw zegt: 'Ik vind dit dwaas. Zonder meer dwaas. Mijn man en ik waren volkomen gelijk.' Ma had dit gezegd kunnen hebben, denk ik.

Ik kijk naar mijn moeder. Ik wil haar toeschreeuwen: 'Ma, hoor je wat je buurman allemaal zegt? Dit pik je toch niet?'

Maar het is geen 1973 meer, mijn moeder heeft haar zegje lang geleden gedaan, ma pakt lekker een zoutje.

MOE

Moe is moe.

De verzorgsters kunnen ma geen groter plezier doen dan haar naar bed brengen.

Ze helpen haar graag. Ook al omdat ma meestal zo dankbaar is. Kleren uit, nachtjapon of pyjama aan, een bezoek aan de wc, tandenpoetsen, sloffen uit en dan is het moment daar: ze laat zich voorzichtig achterover zakken. Het zalige moment is wanneer ma's hoofd het kussen raakt. Haar gezicht ontspant, ze slaakt een zuchtje van opluchting; het moede lijf mag rusten.

Als ma lekker wordt toegedekt, zijn haar ogen al gesloten.

In het begin kwam ik nog weleens rond zeven uur langs in het Verpleeghuis. Ma lag dan al op een oor. De avond – vroeger ma's favoriete dagdeel, ze ging steevast pas na twaalven naar bed – bestaat niet meer. De avond kan rustig worden opgeheven.

HELEMAAL

Mijn vrouw Karina had me twee uur geleden al een onheilspellend fotootje geappt. Mijn moeder stond er niet op, er stond niemand op, alleen de wc.

'Het ging helemaal fout op de wc,' zegt Karina thuis. 'Ik heb je moeder helemaal gewassen. Voor het eerst eigenlijk.'

Helemaal zegt mijn vrouw. We vermijden sommige woorden.

'Had je er moeite mee?' vraag ik.

Ze weet het niet. Zegt: 'Ik heb het bij mijn eigen moeder nooit gedaan.'

'Ik zou jouw moeder niet *helemaal* hebben kunnen wassen, denk ik.'

Na mijn bekentenis zwijg ik.

Ze zegt: 'Zou je je eigen moeder *helemaal* kunnen wassen?'

Ik maak me er een voorstelling van. 'Ik denk het niet nee.'

Ik denk aan toen ik klein was. Ik zat soms verstopt. Ma wreef niet alleen over mijn buik, ze speelde ook voor loodgieter en ontstopte mijn geblokkeerde leiding met haar vingers. Waarom ben ik niet bereid min of meer hetzelfde te doen?

'En je vader?' vraagt Karina.

'Pffff. Ik denk het wel. Eerder dan ma, geloof ik.'

Waarom wel mijn vader en niet mijn moeder weet ik niet. Te confronterend? Omdat ma een vrouw is. Is het schaamte? Die indruk heb ik wel.

'Ik kan mijn moeder wel knuffelen,' zeg ik. 'Sterker nog, dat vind ik fijn. Maar haar *helemaal* wassen, nee.'

We zeggen niks.

'Wat vond mijn moeder ervan dat jij haar *helemaal* waste?'

'Ze liet blijken dat ze het fijn vond dat ik het deed.'

JB-H

Het is monnikenwerk om in elk boek ma's initialen te zetten. Maar het moet. Noem het gerust een dwangneurose, maar ik wil dat ma's boekenkast compleet blijft. Het liefst handhaaf ik dezelfde volgorde, maar dat lukt niet meer.

De oogst valt me zo op het oog tegen. Ma's boeken bleken in achttien verhuisdozen te passen. Die staan al ruim een halfjaar in mijn kantoor op de Witte de Withstraat. In mijn bibliotheekje is nog ruimte. Ik hield er rekening mee dat ma's boeken mijn kant op zouden komen, dus liet ik genoeg meters aanleggen.

Zo! Er zitten best veel boeken in een verhuisdoos. Bij nader inzien zal het net passen. Misschien moet ik zelfs wel wat boeken wegdoen. Deze bijna stuk gelezen Zwarte beertjes van Thomas Mann bijvoorbeeld: *De Buddenbrooks deel I en II*. Maar ja, wegdoen betekent weggooien. Niemand wil tegenwoordig nog oude pockets. En boeken weggooien die ma heeft verslonden, dat kan ik niet over mijn hart verkrijgen. Dan is ma's boekenkast onvolledig, dan is ma's boekenleven aangetast, dan is het net of het denkbeeldige leesbeest stukjes uit haar geheugen kwijt is geraakt.

Ma in haar volle glorie zou nu zeggen dat ik niet zo idioot moet doen. 'Ga je ze lezen of niet?' 'Nou ma, dat lettertje van die Zwarte beertjes is wel klein.' 'Weg ermee dan. Je hebt hier ook nog *De Toverberg*, dat boek ziet er nog mooi stevig uit.

Dan lees je die maar.' Och, ik wou dat ik zo nietsontziend kon opruimen als ma.

De boeken zijn door mijn broer en schoonzus in verhuisdozen gedaan. Deze doos is werkelijk een grappig allegaartje.

Harry Mulisch' *De ontdekking van de hemel* (moet ik nog steeds lezen).

Nicolas Monsarrat, *De vloek van de vrijheid*, een uitgave van de Nederlandse Boekenclub.

Josepha Mendels, *Welkom in dit leven*.

Marcel van Erwin Mortier. Heb ik ma gegeven, net als deze van Henk Romijn Meijer, *Oprechter trouw*.

Nabokovs *Bastaards* ligt op *De geschiedenis van Woutertje Pieterse* van Multatuli en dat boek ligt weer op Selma Lagerlöfs *Het meisje van de veenhoeve* en dat ligt weer op een brievenboek (*Met bonzend hart*) van Willem Nijholt (aan Hella S. Haasse).

Ik heb zelf al zoveel ongelezen boeken. Ik ga hier nooit aan toe komen, al word ik 121 jaar, wat ik niet word, want ik krijg vast net als ma alzheimer, hopelijk niet voor, maar na mijn tachtigste.

POEF

In een Rotterdams café zit ik tegenover een wapenhandelaar. Hij is een bekende van een kennis. Ik zit halverwege mijn latte als hij zegt: 'Mij maakt het niet uit, maar hou er rekening mee dat als je zoiets doet, dat de schoonmaakploeg dan wel even aan de slag moet.'

'Je bedoelt: lullig voor de nabestaanden?'

'Het geeft wel teringzooi, ja.' Hij neemt een slok zwarte koffie en wacht mijn volgende vraag af.

De film *Still Alice* heeft mij na een paar maanden nog niet verlaten. Als ik weer eens niet op een naam kan komen of iemand voorbij ben gelopen die mij er op attent maakt dat ik hem of haar zou moeten kennen, zie ik de ontredderde Alice Howland voor me. Dat nooit.

Vandaag verken ik de mogelijkheden om, als ik ooit een fatale diagnose krijg gesteld, tijdig ertussenuit te piepen.

Ik vraag de wapenhandelaar hoe hij het zou doen.

Hij lacht schamper. 'Voor mij is er maar één manier. Gewoon poef! Ik bedoel, wat geen pijn doet of geen rommel geeft is laf, toch?'

'Een pistool dus,' zeg ik en ik weet dat ik erg naïef klink. Alsof ik net aan de visboer heb gevraagd of ik vandaag gehakt zal eten of kabeljauw.

'Eh, met eh, munitie? Wat kost zoiets?'

'Voor duizend euro kan ik een 9mm Luger, Colt of Glock

voor je regelen. Weet je hoe je ermee om moet gaan?'

'Moet ik ervoor op schietles dan? Je schiet toch niet van afstand?'

Hij haalt zijn schouders op. 'Mis je je pisbakvlieg vaak?'

Ik lach, ik ben nerveus.

'Waar richt ik op? Slaap? Mond? Hart?'

'Mond,' zegt hij resoluut. 'Hou er rekening mee dat als je trilt en je hebt de opslag van het wapen niet onder controle dan schiet de kogel de verkeerde kant op en stuit hij op een bot. Als je de loop in je mond zet en je richt schuin naar boven kan er weinig fout gaan, omdat je het verlengde ruggenmerg aan flarden schiet. Je stopt meteen met leven.'

'Doet het pijn?'

'Wat jij wilt. Heb je broers?'

Ik kijk hem niet-begrijpend aan.

'Wat gebeurde er altijd als ze je dreigden de kieteldood te geven? Juist: zodra je hun handen aan zag komen, lag je al in een stuip. Het is maar net hoeveel pijn je je van tevoren voorstelt, weetjewel. Verstand op nul.'

Ik knik. Hij neemt een slok van zijn koffie.

'Zeg, heb je er weleens over gedacht het uit te besteden?'

'Huh?'

'Wij bepalen het moment. Voordat jè je er iets bij kunt voorstellen, is het gebeurd. Kost wel iets meer. Dertig. Ik ga hier nu verder niet op in. Als je interesse hebt, praten we verder.'

Ik bedank hem vriendelijk voor deze duurdere variant.

'Krijg je vaker verzoeken van potentiële zelfmoordenaars of gaat het sec om het criminele milieu?'

Hij lacht zo hard dat een meneer vier tafeltjes verderop verstoord opkijkt. 'Welk crimineel milieu? Er bestaan geen criminelen. Alleen bangeriken en waaghalzen, mensen die de weg kwijt zijn en mensen die de weg wijzen.

Ik vraag aan jou toch ook niet waarom jij niet gewoon van de Euromast springt?'

'Ik heb hoogtevrees.'

Hij kan er niet om lachen. Tijdens het opstaan zegt hij: 'Ik hoor het wel, meneer Borst. Bedankt voor de koffie.'

BLOEMETJE

Dit vroeg ik mij ineens af: waarom hou ik niet halt voor de bloemenkraam bij het Verpleeghuis? Het ligt zo voor de hand om op weg naar ma even een boeketje rozen te scoren.

Pa zei het vlak voor zijn door hem voorvoelde dood. 'Vergeet je moeder niet elke week een bloemetje te geven, heb ik ook heel mijn leven gedaan.'

Nog geen jaar geleden, ma woonde nog op zichzelf, schuifelden we naar het winkelcentrum en dan wees ma gladiolen aan of fresia's of een boeketje duizendschoon. Toen wel. Sinds ma in het Verpleeghuis zit, is de klad erin gekomen.

Mijn vrouw weet wel waarom: 'Je moeder kijkt er niet meer aandachtig naar. Vroeger bestudeerde ze zo'n bos echt, dacht goed na over welke vaas er het beste bij zou passen. Ze ging meteen aan de slag met een scherp mesje. Een geknakte bloem werd eruit gehaald en kreeg een apart leven. Dat gevoel voor bloemen heeft ze niet meer.'

Verdomd, dat is het.

En dan gebeurt er vandaag dit. Ma wijst tijdens het eten naar de pioenrozen op een kastje tegenover haar. 'Die staan al lang. Zo mooi.'

Ik kijk eens goed naar die prachtige pioenrozen en fluister in haar oor: 'Ma, kun je een geheimpje bewaren?' Ik kijk haar afwachtend een beetje spottend aan.

'Zijn ze nep?' zegt ze.

Ik knik.

Ze schiet in de lach.

Ik ook. Opgelucht. Omdat eventjes haar scherpte terug is en ze de humor inziet van de situatie.

'Die blijven nog wel een paar jaartjes goed, ma.'

Weer schiet ze in de lach.

COLDITZ

'Meneer, ik wil eruit. Kunt u mij helpen?'

Dit verzoek bereikt de bezoeker vaak in het Verpleeghuis. Ik doe alsof ik de bewoonster niet hoor. Ik voer mijn tempo op en weet niet hoe snel ik de code moet intikken om de gesloten inrichting te verlaten.

In het begin voelde ik me een zak als ik een bewoner afschudde. Ik heb er inmiddels minder moeite mee.

De verzoeken worden ook non-verbaal gedaan. Meestal in de buurt van de lift. Bewoners klampen zich ondanks hun mistige ogen aan je vast, ze kijken smachtend naar de uitgang en dan weer naar jou. Ze denken buiten beter af te zijn. Het tegenovergestelde is waar, maar niet meer uit te leggen.

Voor sommigen is het een drift, de deur een doel op zich. Dat zijn de ontsnappers. Ze zijn boos over hun niet-vrijwillige opsluiting. Zij hebben de volharding van de geallieerde krijgsgevangenen in de serie *Colditz* die ik in de jaren zeventig trouw met ma keek.

Niemand van de patiënten mag het Verpleeghuis uit, maar de wens bestaat wel. Hoeveel van de bewoners weg willen, ik heb geen idee. Ma is in elk geval niet vluchtgevaarlijk. Als ze al eens langs de buitendeur gaat, op weg naar een zang- of een dansmiddag in de grote zaal, is ze zich niet eens bewust van de mogelijkheid weg te kunnen. Typisch ma. Ze is heel haar leven verknocht geweest aan haar huis. Ook hier is ze honkvast. Ik geloof niet dat ma zich nog echt realiseert dat er een wereld buiten het Verpleeghuis bestaat.

Dat is bij die ene bewoner anders. Ze noemen hem de vrachtwagenchauffeur. Dat riep hij altijd, dat hij als vrachtwagenchauffeur 'heel de godgloeiende kankerwereld' had gezien en dat ze 'm nu toch zeker niet gingen tegenhouden? Hij trapte tegen de deur. En nog eens. 'Ik mot er uit, godverdomme. En nu gauw!'

Hij kan schelden als een hooligan. Ik schat 'm amper zeventig. Je zou niet meteen zeggen dat hij wat mankeert. Elk schurfterig, stinkend of verboden woord dat ik ken, heb ik 'm horen gebruiken.

Het zijn fascinerende momenten. Denk niet dat ik een ramptoerist ben hoor. Maar op zo'n moment kan niemand de deur uit. Anders gaat hij met je mee. Je moet blijven staan. Als het echt lang duurt gaat de achteruitgang los. Dan zijn ze hem te slim af.

Ik heb begrepen dat de vrachtwagenchauffeur thuis niet meer te hanteren was. Hij weigerde mee te werken aan een vertrek. De rechter moest eraan te pas komen. Uiteindelijk is hij zelfs in de boeien geslagen en naar het Verpleeghuis gebracht in een politiewagen.

Ik heb hem een keer of vijf woedend gezien. Gelukkig had ik ma niet aan mijn arm. Zij is altijd als de dood geweest voor schreeuwende mensen.

Het is Verpleeghuisbeleid om een gefrustreerde potentiële vluchter in zo'n bui uit te lazen razen. Er kwam een keer een psychologe bij staan en zij zorgde dat er een dialoog op gang kwam die de-escalerend werkte. Ik heb er niet voor doorgeleerd, maar haar kalme aanpak werkte.

De laatste keer dat ik de vrachtwagenchauffeur zag, was hij kalm. Ik had niet de indruk dat hij nog wilde ontsnappen.

PILLEN

'Dat ga je toch niet echt doen, hè? Zo'n ding kopen.'

Ik heb een van mijn beste vrienden verteld van mijn ontmoeting met de wapenhandelaar. Hij vindt een pistool een nogal heftige uitweg. 'Ik vind het ook veel te dramatisch,' zegt hij.

'Je bedoelt in de aanstellerige zin?'

'Eh ja, eigenlijk ook wel. Waarom niet gewoon pillen, man?'

Voordat ik antwoord kan geven, zegt hij: 'Misschien dat je net als je moeder na je tachtigste tegen dementie oploopt. Nou, dan heb je dus nog dertig jaar te gaan. Maak je niet zo druk, man.'

'Makkelijk praten jij. Mijn overgrootmoeder had alzheimer, mijn opa, mijn oma's, mijn oom, vier tantes. En nu mijn moeder.'

'Maar een vroege alzheimer, zoals in die film, dat is toch totaal niet aan de orde? Je hebt ze allemaal nog op een rijtje, man.'

'Ik heb soms twijfels,' zeg ik.

'Dat is angst. Iets waar jij het vaak over hebt: irreële angst.'

'Zeg je het me als het ooit zover is? Dat meen ik. Als je gaat twijfelen aan mijn geheugen moet je het zeggen. Beloofd?'

'Jahaaaa,' zegt hij. 'Tegen die tijd laat ik je een *gun* kopen. Is wel strafbaar, hè. Illegaal wapenbezit. Trouwens. Waarom zoveel betalen? Ik heb gehoord dat je in San Marino voor driehonderd euro een klein kaliber gun koopt. En in het voormalige Oostblok verkopen ze wapens per kilo.'

'Wat een Nederlandse opmerking,' zeg ik. 'Alsof dat er toe doet. Duizend euro of driehonderd euro. Het is je laatste uitgave.'

Mijn vriend zegt: 'Gewoon pillen doen, man. Ik heb tegen die tijd vast ook een medicijnkast vol. Ik spaar graag voor je mee.'

TOMMIE

Onder een palm in de trilhitte van Portugal lees ik de thriller *Het meisje in de trein*. Het is een overschat boek, een hype. Ma zou het niet bijzonder hebben gevonden. Er hoefden van haar geen mensen dood te gaan om een boek te laten slagen, integendeel.

Ik grijp naar mijn iPhone. Bericht uit Nederland. Mijn broer Laurens schrijft op ma's zorgapp: 'Net even contact gehad met het Verpleeghuis om te vragen hoe het met ma is. Toevallig waren ze van plan mij te bellen om een afspraak met ons en de arts te maken om over ma te praten. Ma is op dit moment ongelooflijk moe, iedere inspanning is te veel en ze wil alleen maar slapen.'

Mijn broer schrijft verder dat zijn dochter Debbie morgen langsgaat bij ma, en onze vriendin Ien overmorgen. Dat is fijn om te weten. Deze vakantie in Portugal heeft gaten in het bezoekschema geslagen.

Ik heb ma niet verteld dat mijn vrouw en ik een kleine twee weken weg zijn. Tijd is een abstractie voor haar geworden. Ik wil haar niet nerveuzer maken dan ze al is. Vorig jaar om deze tijd, ma woonde nog op zichzelf aan de Robert Kochplaats, zei ze voor ons vertrek naar Portugal: 'Nou, ik zal blij zijn als jullie weer terug zijn.'

Ik trek een blikje Coca Cola open. Ik zou ma willen bellen. Die reflex heb ik elke dag hier. Het zou trouwens best kunnen.

Er staat een telefoon op ma's woongroep. Maar een telefoongesprek verloopt zo moeizaam.

De thermometer tikt de veertig graden aan. Dit is waar ik al maanden naar verlangde. Liggen, luieren, lezen, een duik in het zwembad of in de zee en 's avonds een verse gegrilde zeebaars.

Niet dat het er hier in Portugal alleen maar zorgeloos aan toegaat. Op bezoek bij mijn goede vriend Pim blijkt dat een van zijn vier honden aan het eind van haar Latijn is. Tommie zit vol kanker, ze kreunt, haar achterlijf doet ineens niet meer mee.

De dierenarts komt naar Pims huis op de heuvel. De situatie is uitzichtloos. Er moet een beslissing worden genomen. Er wordt gehuild.

Onwillekeurig denk ik aan ma. Aan hoe groot haar lijden is. Tja, leed is zo verdomd moeilijk te definiëren en te graderen. Ik ben vandaag somber: zelfs als ma lacht, is ze niet beter af dan wanneer ze stopt met ademhalen.

Tommie ligt op Pims bed. Wij – mensen en honden – kijken toe hoe zij een paar stukjes vlees naar binnen werkt. De mensen glimlachen bij het zien van haar galgenmaaltje. Hoeveel zakken paprikachips stal ze, hoeveel chocoladerepen verorberde ze in dertien prachtige jaren? Die Tommie, zeggen we, vreetzak tot de genadedood aan toe.

Ze ligt half op Pims schoot. De Portugese dierenarts brengt Tommie in slaap. Dan volgt de finale injectie. De onomkeerbaarheid roept nieuwe emoties op. Ook bij mij.

Vanuit het perspectief van ma is Tommie een benijdenswaardige dood gestorven.

TEGEN HEUG EN MEUG

Op de terugreis van Faro naar Rotterdam herlees ik ma's zorgapp, waarop we bijna dagelijks berichten over hoe het gaat met onze moeder, schoonmoeder en oma.

Mijn nichtje Debbie schreef aan het begin van mijn vakantie: 'Oma bezocht. Ze was gezellig en helder. Ze heeft lekker gegeten.' Ze deelde een foto. In mijn ligstoel in Portugal schrok ik een beetje van de foto, net als mijn schoonzus Jackie, die vanuit de Achterhoek reageerde met: 'Jeetje. Ze wordt wel mager.' M'n andere nichtje, Tessa, vanuit Thailand: 'Nou, dat vind ik ook.'

Herkenbaar zijn ze, al die berichtjes. Misschien moet ik ook wel schrijven 'verontrustend', maar als iemand structureel achteruitgaat, hoe traag ook, dan heb je je ongemerkt verzoend met het zorgwekkende van de situatie.

Aan het eind van de vakantie schreef mijn broer: 'Ik kwam rond etenstijd.

Ik heb ma eten gegeven, maar veel ging er niet naar binnen. Ze dronk ook nauwelijks. Alleen koffie en koek gingen er goed in.'

Goh. Dat zou ondenkbaar zijn geweest vroeger. Als ik 's avonds mijn bord niet leeg had dan kreeg ik een halfuur later echt geen zoetigheid. De ma van toen zou haar eigen gesnoep corrigeren.

Aan het weerzien met ma kleeft geen drama. 'O ja? Ben je op vakantie geweest? Was het leuk?'

Ik heb in Portugal amper iets meegemaakt, maar ik vertel er meeslepend over; zo hoort ma ook nog eens wat. Over de dood van hond Tommie zwijg ik maar.

Als zoon met een missie ben ik speciaal rond etenstijd naar het Verpleeghuis gereden. Ik ga eens toezien hoe ma eet én zal niet schromen haar een handje helpen.

Mijn broer vertelde me net over de telefoon dat ma's verpleeghuisarts heeft gezegd dat iedere extra hap een beetje energie oplevert.

Er zitten vandaag zes bewoners aan de gemeenschappelijke tafel. Eentje eet als een bootwerker, een ander neemt nauwelijks wat. Ma worstelt. Na zes happen witlof met draadjesvlees en aardappelen met jus, geeft ze er de brui aan. Niet demonstratief. Afwezig laat ze haar vork door haar bord gaan. Het zijn schijnbewegingen.

'Kom 'ns, ma.' Ik neem haar vork over en breng een hapje witlof naar haar mond. Een flauw protest, maar ze laat me begaan. Mijn volgende hap stuit op verzet. Ze pakt de vork weer af. Mijn broer heeft aan de telefoon al gezegd: 'Haar trots zit in de weg.'

Tegen heug en meug eet ze. Het is een gevecht dat ik niet voor haar kan voeren. Martha, een van ma's verzorgsters, ziet me beteuterd kijken en zegt: 'Je moeder weet precies wat ze wil, hè.'

Ik dring opnieuw aan. Ma fluistert: 'Het is niet vies, maar ik heb geen trek.'

Ik probeer haar af te leiden, zoals een moeder doet met een weerbarstige peuter in de kinderstoel. Ik was geloof ik een goede eter vroeger, dus de rollen zijn niet echt omgekeerd. Toch voelt het zo.

Ma zegt: 'Ik eet het niet meer op, ik vind het vies.'
En daar blijft het bij.
Ma neemt nog wel een paar hapjes van haar toetje. En ze neemt koffie. En daarbij natuurlijk een koekje.
'Lekker, hè,' zeg ik.

DRAADJESVLEES

Verzorgster Martha zegt tegen mijn broer Laurens en mij: ''s Ochtends laat ik je moeder kiezen. Aankleden of ontbijten? Het kan niet allebei. Als ze is aangekleed, gaat ze weer naar bed. Een uurtje later ontbijt ze dan. Hetzelfde geldt voor wassen of douchen. Als dat is gebeurd, moet ze echt rusten, anders heeft ze geen kracht meer om te eten. Na elke inspanning heeft ze een rustmoment nodig. Haar conditie is gewoon niet goed.'

De dokter van het Verpleeghuis, die ook tegenover ons zit, zegt: 'Ik kwam je moeder gisteren beneden tegen. Ze was helemaal op. En toen moest ze nog terug naar boven. Haar conditie gaat achteruit.'

We knikken.

Ze vervolgt: 'We merkten dat je moeder een lage hartslag en een lage bloeddruk had. Je moeder gebruikt een bètablokker, onder andere ter bescherming tegen een hartinfarct. Maar de bloeddruk was mede daardoor zo laag dat ze er niet lekker van werd. Onder de honderd. Hier heb ik het. Drieënnegentig over zestig. Echt te laag. Dan voel je je echt niet comfortabel, het valrisico neemt toe, je bent duizelig. Daarom zijn we gestopt met dat medicijn. Om haar meer comfort te geven.'

'Wat is het nadeel?' vraagt mijn broer.

'Het vergroot de kans op overlijden,' zegt de dokter. 'Ik heb het laatst al tegen je gezegd: het zou zo kunnen zijn dat je moeder op een ochtend niet wakker wordt. Je kunt misschien denken: daar houden we heus rekening mee, maar het kan je toch overvallen.'

'U heeft het over een vergrote kans om dood te gaan,' zeg ik tegen de dokter. 'Kunt u iets zinnigs over een termijn zeggen?'

De dokter schudt haar hoofd. 'Het kan ook nog een tijdje doorsudderen.'

Ik denk meteen aan draadjesvlees. Hoe het zondagmiddag rook als ik met pa thuiskwam na een heerlijke pot voetbal op Het Kasteel. Terwijl Sparta Vitesse inmaakte, had mijn moeder de runderlapjes lekker laten sudderen. En omdat het herfst was, had ze stoofpeertjes gemaakt.

Ik kijk naar mijn grote broer. 'Het is helder,' zegt hij.

Ik knik en zeg dan: 'Wat kunnen wij voor onze moeder doen? Moeten we haar ontzien? Een jaar geleden wandelde ik nog regelmatig met haar.'

De dokter: 'Dat kan wel. Maar neem haar dan met de rolstoel van de vijfde naar de tuin. Daar kan ze een stukje wandelen. Zoek naar balans.'

Martha: 'Als je moeder te moe is, eet ze niet en neemt haar spierconditie verder af. En als ze te moe is, snapt ze ook dingen niet, dan wordt ze verdrietig en gaat ze huilen. Dan is het haar allemaal te veel. Niet te veel prikkels dus. Ik doe haar het liefst een halfuur voor het eten even naar bed.'

'De boodschap is duidelijk,' zegt mijn broer.

Ik knik weer. Ik snap de boodschap van dit gesprek ook. Onze moeder was sterfelijk en ze is weer een beetje sterfelijker geworden. De overtreffende trap heet: genade.

Een zin van de dokter die mij totaal niet verontrust: 'Het zou zo kunnen zijn dat je moeder op een ochtend niet wakker wordt.'

Of zal ik toch schrikken?

KRUIS (4)

Ma wijst naar mijn borst.
 Ik grijp naar het gouden kettinkje met het kruis.
 Ze zegt: 'Zo een had ik ook.'
 'Die is ook van jou, ma. Heb je me gegeven toen ik vijftig werd. Omdat je wist dat ik 'm zo mooi vond heb je 'm mij cadeau gedaan voor mijn verjaardag.'
 'O. Dat weet ik niet meer.'

TIJGER

Van ma's opname is één iemand beter geworden: Tijger. Drie mensen om kopjes aan te geven in plaats van één – en qua vierkante meters is hij er helemaal op vooruitgegaan. Omdat we na een maandje de keukendeur naar de tuin losgooiden, ging er letterlijk een wereld voor hem open.

Tijger ontsnapte weleens bij ma, maar verder dan de galerij kwam hij nooit. Of hij ma's appartement als een gevangenis heeft beschouwd, betwijfel ik. Dieren blikken niet terug, ze leven in het nu. Zover een beest zich kan vervelen dan heeft hij dat op de Robert Kochplaats beslist gedaan, maar we compenseren hem daar nu rijkelijk voor. Ik ben dankbaar dat hij ma in haar slechtste tijden een beetje afleiding bood. Ik beschouw hem ook nog steeds als ma's kat.

Wat hij bij haar niet mocht, op het bed verkeren, is bij ons een must. Als een kleine jongen slaapt hij tussen onze hoofden in. Soms als ik mijn ogen opendoe, is zijn kop vier millimeter van me verwijderd. Zijn snorharen kriebelen me wakker. Dan wil hij eten. Ik geef er vaak aan toe. 'Ma had je van bed gegooid, meneertje.' En zo staat Tijger om halfvijf 's nachts Whiskas te eten.

Eén keer ontmoetten ze elkaar weer. Ma vierde Pasen bij ons. Het was druk in huis. Ik zette Tijger bij haar op schoot, maar hij sprong er onmiddellijk af. Ma was nerveus, gedesoriënteerd. Ze zagen elkaar niet staan. Het weerzien was een fiasco.

Tijger had en heeft andere zaken aan zijn kop. Hij ving vlinders en een libelle en – verdomme nog aan toe – een mus. Trots kwam hij 'm ons laten zien. 'Moet dat nou, Tijger?' zei ik. We moeten hem gauw een belletje omdoen.

En dan zijn er nog twee buurkatten waarmee hij op voet van oorlog leeft. Die Tijger. Als hij een mens was, zat-ie tegen zijn pensioen. Maar hij is mooi een nieuw leven begonnen. Hij wel.

STIEKEM

'Ik denk dat het zal gaan zoals de arts van het Verpleeghuis heeft verteld,' zegt Laurens. 'Op een ochtend vinden ze ma dood in bed.'

'Laten we het hopen,' zeg ik. 'Zou het een schok voor je zijn?'

Laurens: 'Nee. Ik zou het ook niet erg vinden als ik daardoor geen afscheid heb kunnen nemen.'

Ik slik. 'Ik zou daar wel moeite mee hebben. Ik zou ma het liefst vast willen houden als ze sterft. Maar alles voor een zachte dood. 's Nachts stiekem wegglijden, dat zou een mooie vorm van genade zijn.'

Laurens herinnert me eraan hoe tante Leny naar het ziekenhuis moest nadat ze in het Verpleeghuis haar heup had gebroken. Hij was erbij geweest. Ze had gekermd van de pijn. Laat ma in godsnaam haar heup niet breken, zeggen we. Geen lijdensweg met doorligplekken.

Laurens: 'Ik vraag me nu echt wel af: wat is de toegevoegde waarde van het leven dat ma nu leidt?'

'Nou, ze lacht als ze haar achterkleindochter Balou ziet,' zeg ik. 'Heel soms leeft ze op. Er is nog wel een heel klein beetje plezier over. Maar ja, als je dat een paar minuten later vergeten bent...'

We zwijgen.

FOETUSHOUDING

Ma ligt in haar kleren in foetushouding op bed. Sinds ik hier zit, een minuut of tien, heeft ze zich niet bewogen – een spasme bij haar oog tel ik niet mee. Er heerst een serene stilte in haar kamer, zelfs het licht verandert niet omdat het buiten Hollands grijs is. Zo, in onbeweeglijke staat, stel ik me de eeuwigheid voor. Het totale niets voor onze geboorte en na onze dood.

Stilletjes kijk ik naar ma en geniet van de transcendente rust. Maar niets is wat het lijkt. Haar hart pompt, haar bloed stroomt, cellen delen zich, atomen botsen. In ma's gehavende brein heerst activiteit. Met elke ademtocht wordt het leven verlengd.

Van de week droomde ik dat ma was gestorven. Ik viel ten prooi aan paniek, voelde een leegte die ik niet kende. Ik vermoed dat je je zo voelt als je net wees bent geworden. Toen ik waker werd, was ik blij dat ma nog leefde. Kort daarna dacht ik: wat egoïstisch van je.

Als ma overlijdt, hoor ik dan niet opgelucht te zijn? Omdat het klaar is met alle onwaardigheid, dat het voor haar gelukkig voorbij is. Maar volgens mij is opluchting gewoon te kort door de bocht, zelfs na zeer ernstig lijden. Niet alleen dat lijden is voorbij: een heel leven is voorbij.

Twee mensen overleden de afgelopen maand in ma's woongroep. Eerst Corrie van Piet. Een leergierige vrouw die aan het eind van haar leven de Mount Everest aan kennis die ze had vergaard, was vergeten. Haar sterven zorgde voor groot verdriet en een enorm gemis. Piet zei dat de dood van zijn vrouw voelde als een knock-out. Zijn dochter zei hetzelfde over haar moeder, maar in andere bewoordingen. Ik sprak verzorgsters na Corries dood. Ze was weliswaar een broze zevenentachtigjarige met aangetaste hersenen: de verzorgsters spraken niettemin van een gemis in de woongroep.

Over de impact van de dood van een andere huisgenoot van mijn moeder kan ik niet goed oordelen. Ik kende hem niet. In de tien maanden dat ma in het Verpleeghuis verblijft, heb ik hem alleen gehoord. Het was een smartelijk klagen en iets wat op kermen leek. De man kwam zijn kamer niet meer uit. Als de deur openstond, wierp ik op weg naar ma weleens een blik naar binnen. Wat ik dan zag, een kermende oude man in bed, was naargeestig. Ik besloot niet meer te kijken. Het luisteren was al heftig genoeg. Meestal sliep hij, gelukkig voor hem. Van al je vrienden is slaap je beste vriend, denk ik.

Ma zou dat beamen als ik het haar vroeg. Ik laat haar daarom lekker liggen, in de foetushouding.

Tenminste, dat wilde ik. Maar ik moet niezen. Ik nies. En – een onhebbelijkheid van me – heel hard ook.

'Nou zeg.'

Ma is wakker.

Ze zegt nog iets. Het zijn halve of niet-bestaande woorden. Eén woord is goed verstaanbaar. Het woord 'hard'. Haar verontwaardigde blik laat niets aan duidelijkheid te wensen over.

'Sorry, ma.'

FOTOBIJSCHRIFTEN

1. Ma houdt me in de herfst van 1962 omhoog alsof ze de Europa Cup 1 heeft gewonnen.
2. Samen aan de afwas aan de Robert Kochplaats.
3. Schoner dan ma vind je ze niet.
4. Ma, nog thuis, peinzend.
5. Ma voor het raam van haar galerijflat.
6. Karina spreekt ma bemoedigend toe, ongeveer drie maanden voor haar vertrek naar het Verpleeghuis.
7. Ma op de zwartleren bank. Tijger wil actie.
8. Ma verlaat de Robert Kochplaats voorgoed.
9. Voor de laatste keer de lift naar beneden.
10. Een van de eerste dagen in het Verpleeghuis.
11. In elk kledingstuk strijken we ma's naam.
12. Moe is moe.
13. Op bezoek in het Verpleeghuis maak ik ma voorzichtig wakker.
14. Verzorgster Wendy brengt ma naar bed.
15. Verzorgster Martha haalt een kam door ma's haar.
16. Ma ligt steeds vaker op bed.

VERANTWOORDING EN DANK

Dit boek is gebaseerd op mijn kroniek 'Mijn ma' die sinds oktober 2014 wekelijks in AD *Magazine* verschijnt. Sommige hoofdstukjes hebben hun oorspronkelijke vorm behouden, andere heb ik flink bewerkt. Voor dit boek heb ik een twintigtal nieuwe hoofdstukjes geschreven.

Naast de kroniek heb ik vrijelijk geplukt uit eerder werk waarin ik over mijn moeder schreef, onder meer uit het stuk 'Gehalveerd' in *Hard gras* en uit het boek *Alle ballen op Heintje*.

Ik heb het geluk dat ik mag samenwerken met fotograaf Margi Geerlinks. Zij volgt ma al jaren met haar camera en doet dat op professionele en lieve wijze.

Ik heb dankbaar gebruik gemaakt van de adviezen en blik van mijn redacteur Harminke Medendorp.

Naast Harminke wil ik mijn broer, Saskia van der Jagt en Paul de Vos bedanken voor hun commentaar.

Dank ook aan hoofdredacteur Christiaan Ruesink voor het vertrouwen. Hij was meteen enthousiast toen ik voorstelde om wekelijks in het AD te schrijven over mijn moeder.

Ik dank mijn uitgever Oscar van Gelderen voor de vrijheid die hij mij geeft en Roel van Diepen voor zijn zorgvuldige begeleiding van *Ma*.

Dank lieve broer en schoonzus. Zonder Laurens en Jackie zou het (mantel)zorgen voor ma loodzwaar zijn.

Mijn grootste dank gaat uit naar Karina, die al zoveel jaren geweldig en geduldig voor ma zorgt en mij menig idee aanreikte voor de kroniek in *AD Magazine* en dit boek.

Ten slotte bedank ik de geweldige verzorgsters (m/v) en andere medewerksters (m/v) in het Verpleeghuis die hun best doen om ma's leven nog zo leuk en draaglijk mogelijk te maken.

Het is fijn om te weten dat mijn kroniek in goede handen was en is bij Ingrid Sikking en Ruud Roodhorst van *AD Magazine*.

Rotterdam, oktober 2015
Hugo Borst

INHOUDSOPGAVE

Groen knopje 7
Ochtendritueel 9
Vlees 10
Kruis (1) 13
Eng 14
Diagnose 15
Koffie 16
Trek 18
Boodschappen 20
Beroofd 24
André Hazes 27
Massamoord 29
Oost West 31
Alles van waarde 33
Te 35
Moederkindje 36
Wandeling 37
Leesbeest 40
Nasi 42
Balou 44
Mantelzorgen 46
Snijbonenmolentje 49
What's next? 51
Struikrover 53

Angsten 55
Herinnering 57
Overstuur 58
Bericht 59
Duidelijkheid 62
Kinds 64
Trouwboekje 67
Rondleiding 70
Cesar Millan 72
Vragenlijst 75
Kruis (2) 77
Verhuizing 78
Boos 81
Tijger 84
Schuldgevoelens 87
Administratie 89
Sussen 90
Kruimeltje 91
Verzoek 94
Huisarts (1) 97
Strijken 98
Opruiming 100
Moederdag 102
Seksuele voorlichting 103

Proeftijd 105
Wijsvinger 108
Huisarts (2) 110
Piet van Corrie 111
Vouwen 114
Antidepressiva 116
Doornroosje 117
Gehoor 119
Nuchter 120
Tafeldekken 123
Zorgplan 124
Gelachen 127
Gewetensvraag 129
Vleugel 132
Knuffels 135
Schok 137
Gehalveerd 139
Net als Henk 141
Griezelfilm 144
Kruis (3) 146
Kikkergroen 147
Handen 149
Streng 151
Schop 152
Gefluister 155

Verkocht 156
Meneer Alzheimer op één
   oor 157
Martha 160
Pizzaatje 162
Intermezzo 165
Jubileum 168
Praatgroep 170
Moe 173
Helemaal 174
JB-H 176
Poef 178
Bloemetje 181
Colditz 183
Pillen 186
Tommie 188
Tegen heug en meug 190
Draadjesvlees 193
Kruis (4) 195
Tijger 196
Stiekem 198
Foetushouding 199

Fotobijschriften 203
Verantwoording en dank 205